神のみぞ知るセカイ

神と悪魔と天使

著 有沢まみず　原作・イラスト 若木民喜

A person introduction

桂《かつら》木《ぎ》桂《けい》馬《ま》
17歳。ギャルゲー攻略の天才。
“落とし神”と呼ばれる。

エリュシア・デ・ルート・イーマ
エルシィ。地獄から派遣された
“駆け魂隊”の悪魔。

天《あま》美《み》　透《とおる》
自らを「天使」と名乗る不思議少女。

吉《よし》野《の》麻《あさ》美《み》
桂馬のクラスメイト。茶道部。

プロローグ　神と悪魔

すらぁり。

それはさながら舞のようだった。あるいは中国拳法の達人が行う推手《すいしゅ》のような。

決して派手な動きではない。素早い挙動でもない。

何気なく。

本当にごく何気なく手を動かしているだけなのに、緩《ゆる》やかに残像が見える。ちょうど六本。

すらぁり。阿修羅《あしゅら》、という東洋の神がいる。

腕を六本持つ戦神。

だが、少年の顔立ちは阿修羅にしては端整で柔和すぎた。


「おう！　そうやって伏線を回収するか。職人芸だな……ここのシナリオライターは毎度毎度、実にいい仕事をする」

愛《め》でる心が少年の表情を和《やわ》らげる。

それは慈愛に満ちて。

「はは、だいぶ、迷っているようだね。貴理子《きりこ》……だけど、この」

と、彼の手がそっとさするようにコントローラにコマンドを打ち込む。

「大丈夫。この落《お》とし神《がみ》が必ず君を無限のループから救ってあげる」

静謐《せいひつ》にソナタを奏《かな》でるピアニストのように。

めまぐるしく。

音もなく。

軽やかに。

「さあ、チッタ！　今こそ空に向かって飛びたつんだ。雷艦隊《らいかんたい》が君を待っている」

呟《つぶや》きが漏《も》れる。

吟詠《ぎんえい》詩人が叙情詩《リリック》を歌い上げるように。

「いいとも。ゆっくり。実にゆっくり、とだ……さあ」

眼鏡《めがね》の奥。

澄んだ瞳《ひとみ》を細めて、

「貴理子！　チッタ！　美佐子《みさこ》！　轟《ごう》！　名無しのN！　ユリエル！」

とん、と指揮者がタクトを振るうように少年の手が頭の前で交差する。

「今」

それは優美で。

優雅な。

フィナーレの合図。

「みんなみんなまとめて解放《クリア》してあげる！」

ふぁふぁふぁふぁふぁふぁふぁふぁ～ん。

ちゅららら。

ちれれれれ、ちちちれ。

同時に流れ出すエンディングの音楽。完璧《かんぺき》な計算だった。すべては終わりに向けて一つの流れを作り上げていて、完璧にコントロールされていた速度は制作している会社も、物語の長さも、ヒロインの音声のオンオフも超えて、たった一つのタイミングで終わり《エンディング》に導かれる。

現世に存在する、まごうことなき神の手によって。

「ふ」

少年は心地よい疲労感に吐息《といき》を漏《も》らし、革張りのチェアにゆったりと背をもたれ掛けさせた。

「一日の仕事としては上出来だ……」

まるで喝采《かっさい》を浴びた芸術家のように。

彼には聞こえている。

モニターの向こう、無数の救われたヒロインたちが彼の名を呼ぶ声を。

落《お》とし神《がみ》。

落とし神。

桂木桂馬《かつらぎけいま》の名を！

FIN.
happy end

「これで」

と、その一部始終を後ろから見つめていた少女が溜息《ためいき》混じりに肩を落とした。

「やってることがゲームでなければ、なんですけどねえ」

それからすうっと大きく息を吸い込むと、口元に手を当てメガホンにして、

「神様！　お昼の準備ができましたったら！」

「わあああああああああ！」

あたふたと少年。

たった今、六つのギャルゲーを攻略し終えたばかりの桂木《かつらぎ》桂馬《けいま》は、いったん宙に飛び上がった後、どきどきする胸を押さえ、

「な、なんだエルシィか」

相手を確認して大きく肩を落とす。それから、

「勝手にボクの部屋に入るなと何度も言ってるだろう！」

エルシィと呼ばれた少女にびしっと指を突きつけた。

愛らしい容貌《ようぼう》と優しげな目。

そのあどけない外見に反して、地獄から駆《か》け魂討伐《たまとうばつ》のため地上に降りたった悪魔の娘という正体を持つエルシィは、う～と不満そうに唇《くちびる》を尖《とが》らせ、

「でも、神様、もうお昼をとっくに回ってますよ？　ご飯を食べないとまた身体《からだ》をこわしてし

まいますよ？」

「ふん」

桂馬は腕を組み、そっぽを向く。

「そのくらいどうということはない。ボクの心の栄養は、ゲームで常にまかなえる」

「でも、身体の栄養補給も大切じゃないですか。腹ごしらえはいつも大事ですよ？」

「まあ」

と、桂馬はぎいっとチェアから立ち上がった。

「一区切りついたので現実《リアル》に付き合ってやるのもやぶさかではないが」

つっと眼鏡《めがね》の中央を指先で押して、きらんと瞳《ひとみ》を光らせる。

童顔だが、非常に整った顔立ちをした少年だった。桂木桂馬。人は彼を、いかなる美少女（ゲーム世界の）をも落とす、〝落《お》とし神《がみ》〟の異名《いみよう》で呼ぶ。

悪魔の娘エルシィと相棒《バディー》を組んで駆け魂を狩る、という彼にとってはいささか不本意な日々が続いたある日のことである。

だから、エルシィもそれなりに桂馬のパーソナリティーを理解し始めていて、

「でも」

と、しげしげと六つあるモニターに顔を近づける。

「神様は本当にどんな娘《こ》でも自在に落とせるんですね～」

感心したように言う。

桂馬《けいま》は別に大したことではない、とでもいうように軽く肩をすくめ、

「ボクは落《お》とし神《がみ》だからな」

と、気負うことなくさらりとそう言ってのける。エルシィは興味を引かれたように、

「……ちょっと疑問に思ったのですけど、神様はどんなタイプの女の子でも分け隔《へだ》てなく落とせるんですよね？」

桂馬は、

「……」

じっとエルシィを無表情に見つめ、

「……愚問だ」

一言で答える。

「じゃあじゃあ、たとえば！」

と、エルシィは画面の一つにファンタジーの世界の女の子たちが映し出されていることに気がついて、

「こういう現実とは違う世界に住む女の子たちでも？」

「むろん」

「……この子たちは羽が生えてますよね？　妖精さんですか？　あとは尻尾《しっぽ》と耳が生えてる

この子……この子はえっと、元は猫さんなのでしょうか？　なら」

と、ちょっと上目遣いになり。

恥ずかしそうにもじもじした後。

「た、たとえば」

と、小さな声で尋ねる。

「たとえば悪魔でも？」

ふ。

と、桂馬は微笑を浮かべる。冷たくもあり、エルシィの無知を寛容する優しさが籠《こも》ってるようでもある不思議な笑《え》み。

「ボクは」

ぐっと拳《こぶし》を突き上げる。

「神だ！　悪魔だってなんだって落としてみせる！」

お〜と思わず拍手をするエルシィ。感心してしまった。やっぱりなんだかよくわからないけど、神様はすごい！

と、素直なエルシィは深々頷《うなず》き、最後に、

「あ、でも」

これだけは聞いておきたくて、

「……苦手とかは？　神様でもあると思うんです。得意があればその反対の、なんというかできなくはないのですけど、ちょっと苦手に感じているタイプの子は？　いないんですか？」

するると、

「……栄養補給をする。その後はまた溜《た》まってるゲームを消化するからな！　今度こそ勝手に入ってくるなよ、エルシィ！」

桂馬《けいま》はなぜかその質問に答えることなく、さっさと部屋を出て行こうとする。エルシィは焦《あせ》って、

「あ、か、神様！　待ってくださいよ！」

「電波系」

「え？」

「電波系は……苦手じゃない。できなくはない。でも」

と、エルシィに背を向けたまま桂馬はそう呟《つぶや》いて、

「厄介《やっかい》だな、あいつらは」

それだけをちらっと背後のエルシィに目をやりながら告げて、彼は部屋から退出する。エルシィは口元に指を当て、

「……電波系？」

桂馬の言葉を反芻《はんすう》する。それからはっと我に返って、

「か、神様――！」

と、彼の後を追いかける。

電波系ってなんですかー？

そんな声が桂木《かつらぎ》家の廊下に響き渡った。土曜日の昼下がりの出来事だった。

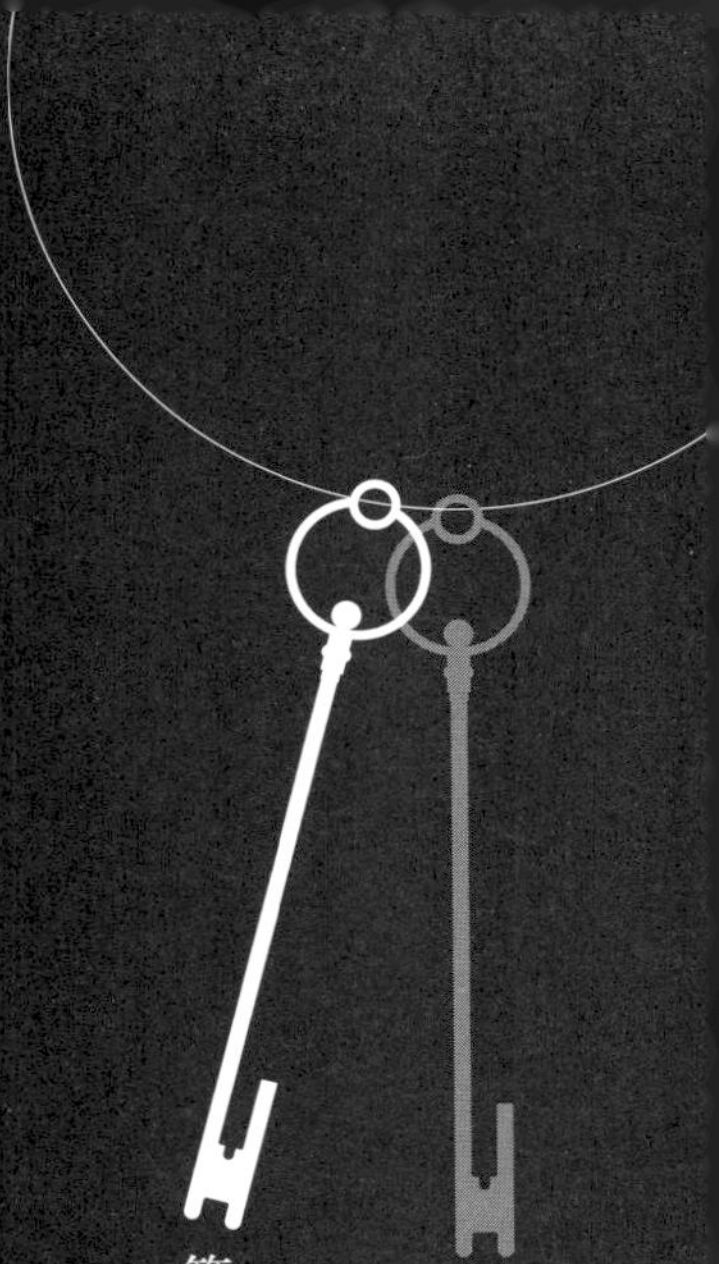

第一章　舞い降りた天使

日曜日。桂木桂馬《かつらぎけいま》はごく何気なく、ゲームソフト専門店『オジマップ』の店内に入っただけである。だが、彼が一歩店内に入ったとたん、店内の空気が明らかに変わった。彼の〝落《お》とし神《がみ》〟としての異名《いみょう》はゲームの世界では著名なものだが、現実の世界では〝彼〟＝〝落とし神〟と知る者はいない。

それでも。

「代わりな」

と、レジ打ちをしていた新人に、そのフロアの主任が肩を押すようにして交代を申し出た。

「え？」

と、その新人は驚いた顔をする。

主任は黙って首を振り、ある方向を指し示す。

「……」

その突きつけた指の先には新作コーナーに並んだ幾《いく》つかのゲームソフトをじっと透明な眼鏡《めがね》越しに見つめる桂馬の姿があった。

そのちょっと後ろに少し所在なげなエルシィ。

「お前にはまだ荷が重い」

「そ、そんな」

ただのお客じゃないですか。

と、その新人は言いかけて、桂馬のほかの客層とは明らかに異なる、一段階次元が上の動きに気がついて、

「……うう」

と、呻《うめ》いた。主任が西部劇のバーのマスターみたいな世故《せこ》に長《た》けた口調で、

「よかった。お前にはまだ見る目があるようだ」

にやっと笑った。

「あの動きの異質さに気がつかないようなら、ここではまったく出世の見込みはないからな。ギャルゲーコーナーは任せられない」

主任は目を細めて桂馬の動きを追う。

ほかにも店内にいる何人かのお客。

見る目を持つ熟達《じゅくたつ》したゲーマーたちは気がつく。ある者は、

（な、なんだこの少年？）

と、驚いていたり、

（またコイツか……一体、誰なんだろう？）

と、不思議そうな顔つきをしたりしている。そして当の桂馬はというと、

「……」

ちょっと物憂《う》げな表情でただゲームを選んでいるだけである。

ただ。

「……やはり店頭で実物を見るまではわからないモノだな」

とか、

「値段。抑《おさ》えてきたか」

などと小さく呟《つぶや》いて、するりするりと棚と棚の間を巡っていく。余談だが武道の達人は箸《はし》の上げ下ろしで互いの技量がわかるそうである。

ピアニストは演奏者が鍵盤《けんばん》を一つ押しただけでその巧拙《こうせつ》を見抜くだろうし、一流の寿司職人は基本の卵焼きを食べれば大体の味のレベルがわかる。

つまり、ごく何気ない基本の動作に、その者が持つ隠しきれぬ力量が現れるのである。

従《したが》って桂馬《けいま》はただゲームソフトを選んでいるだけだが、見る者が見れば、

なんてすごいゲーマーなんだ！

と、比肩《ひけん》する者のいない彼のプレイスタイルから、その速度、処理能力まで、正確なことまではわからなくても、ある程度は類推できるモノなのである。ちなみに店内にいる誰もが感じたこと。それは。

この少年、底がまったく見えない！

その一言に尽きた。

ダメだ。

と、その新人店員は畏怖《いふ》とともに思った。僕には到底太刀《たち》打ちできない。

身体《からだ》が勝手に小刻みに震えた。

主任がふっと微笑《ほほえ》み、

「それがわかるだけお前さんはマシだよ。さ、ちょっと下がってな。あの少年の相手は」

首を振る。

「俺《おれ》でも正直、荷が重すぎる。それでも誰かがやらなければ、な」

桂馬はするりするりとまるで流水のような華麗な動作でソフトを選んでいき、最後にとんとレジの前に置く。主任は、

「……」

無言でバーコードを読み取っていき、

「……」

さっと紙袋を用意する。てきぱきと無駄なくソフトを中に詰め込んで、

「６７８５０円になります」

と、簡潔にそれだけ告げ、桂馬が余分なことを言わなくても特典ポスターとミニフィギュアを添えて、そっと差し出した。

「ほう」

と、桂馬の目がきらんと光る。

「よい、仕事ぶりですね。ここは品揃《しなぞろ》えがいつもいい。ちゃんとわかっている方がいらっしゃる」

「……」

主任はそれが最上の栄誉とでも言うように胸元に手を当て、恭《うやうや》しく一礼をする。

「また、来ます」

桂馬《けいま》はくるっと背を向け、かっかっと店の外へ出て行く。主任は最敬礼から身動き一つしない。新人店員は軽く感動の面持《おもも》ちで見送る。

ほかの見る目を持ったお客も、〝お〜〟と感心したり、なかには桂馬を憧《あこが》れの眼差《まなざ》しで見る者もいるが。

エルシィだけはちょっと呆《あき》れ顔だった。

その後、エルシィの

〝一回入ってみたかったんです、こういうところ！〟

という、たってのリクエストで桂馬とエルシィはオジマップの近くの喫茶店に入った。雑居ビルの三階。ちょうどメインストリートを見下ろすことができる。木目調の壁紙と観葉植物が目に優しい。山小屋をイメージしたお店である。

桂馬は簡単に紅茶を注文し、エルシィは、

〝え～と、う～んと〟

と、さんざん悩んだ後、ホットチョコレートを注文した。

「喫茶店なんて」

と、桂馬はぶつぶつ言っていたが、

「うちの家でもやってるからいつでも入れるじゃないか！」

「まあまあ。ほかのお店を研究するのも大事ですよ？」

と、エルシィは上機嫌に宥《なだ》めて、店内を見回す。オジマップをはじめ、ゲームの量販店などがたくさん立ち並んでいるところなので、桂馬以外にも同じような紙袋を下げて入店している客が大勢いた。店の奥では三人の客がノートパソコンの画面を覗《のぞ》き込んで、何やらしきりに議論を交《か》わし合っていた。

「やっぱり」

とか、

「この選択肢が出るってことは前のフラグが立ってなかったってことじゃないのか？　やり直したほうがいいと俺《おれ》は思うんだが」

とか、

「いや、一概にそうとも言えないぞ。エミリーがまだこの段階で帰国していないんだ。違うルートに入った可能性もあながち否定できない」

皆、一様に真剣で。

一生懸命。

エルシィはその姿をちらっと横目で見てから、桂馬《けいま》に向かって尋ねた。

「神様。ちょっと聞いていいですか?」

「……」

桂馬は黙って目をつぶり、運ばれてきた紅茶を啜《すす》っている。その姿は……姿だけなら貴公子めいて優雅である。

エルシィは彼の沈黙を肯定の印と解釈して、

「えっと、本当にすっごくすごく基本的な質問なんですけど」

指先を顎《あご》につけ、自分の考えをまとめるようにして言う。

「……ゲームって一体何が面白いんですか?」

その瞬間。

「!」

かっと桂馬の目が見開かれた。炯々《けいけい》たる眼光に、

「わ! そ、その、えっ〜と……み、魅力を! ゲームの魅力を私もちょっと知りたいなと思って! だ、だって神様以外にもこんなにもたくさんの人たちが夢中になっているから」

「はあ」

と、桂馬は深々と溜息《ためいき》をついた。

「ほんと〜に〝すっごくすごく基本的な質問〟だな、エルシィ」

彼は冷ややかに横目でエルシィを睨《にら》む。エルシィは恐縮したように身体《からだ》をすくめる。

「うう」

「まあ、いい。お前にもわかるように言うと」

彼はまるで歌舞伎役者のようにどんと手を振り下ろした。

エルシィの目には、

『不完全な現実、完全なゲーム』

どどんと桂馬の背後に、このような文字の垂れ幕が下がったように見えた。また桂馬の顔に本当に隈取《くまど》りができて、真っ赤な髪がばさっと伸びたような気がしたが。

すべては錯覚で実際は、

「不完全な現実、完全なゲーム」

と、桂馬がただ口に出して言っただけだった。桂馬は熱く語る。

「いいか？　ゲームではヒロインが現実のように不合理な行動をとることはないんだよ。すべての行動や意味合いは、基本的には一つの美しいエンディングに向けて用意された」

彼が熱く語る。

エルシィは神様、やっぱりゲームのことでは〝熱く〟なるんだなと思っていて、桂馬《けいま》は桂馬でここは〝熱く〟弁じねばと思っていて。

両者。

ふと顔を見合わせ。

「「熱《あつ》っ!?」」

唐突に叫ぶ。

いつしか本当に周りが熱くなっていた。もわっと白い煙が流れ込んできて、火災報知器がけたたましく鳴りだした。

しばしの間。

桂馬もエルシィも呆然《ぼうぜん》としたままだった。

「火事だ!?」

「落ち着いてください！　皆さん、落ち着いて避難してください！」

パニックになりそうな店内の客に対して、店員が必死で誘導して皆を非常階段へと誘《いざな》った。

幸い出火元が近かったわりに避難の指示が適切だったのと、築年月は古かったが建物自体が防災基準をきちんと満たしていたため皆、特に支障なく外へ脱出できそうだった。

「まったく」

と、桂馬は周りの気もそぞろに焦《あせ》っている客たちを見ながら溜息《ためいき》をつく。

「こういうときにこそ人間の真価が表われるモノだな。いいか？　お前もボクみたいにいつも動じない心をだな」

と、傍《かたわ》らでやっぱりあたふたしているエルシィに向かってお説教しかけ、

「しまったあああああああああああああああああ！」

思わず頭を手で押さえる。

その声にエルシィが驚く。

「か、神様!?」

すると桂馬がきらんと眼鏡《めがね》を光らせ、

「……エルシィ。ボクは店内に戻る」

「え？」

と、エルシィは一瞬、その言葉の意味を計りかね、

「えええええええええええええ!?」

次に力いっぱい叫んでしまう。この煙の濃度。火の手はまだ見えていないが、明らかに自殺行為である。だが、桂馬はぎりっと拳《こぶし》を握ると、

「ボクとしたことが」

彼は痛恨の極《きわ》みのように言う。

「急《せ》かされてソフトをテーブルの上に置き忘れてきてしまった！」

「持ってるじゃないですかぁ！　その紙袋！」

エルシィの指摘に桂馬《けいま》は毅然《きぜん》と、

「違う。今日、携帯用に持ってきていたヤツだ！　エルシィ、これはお前に頼んだぞ！」

彼はエルシィに先ほど購入したゲームソフトが入った紙袋を渡すと、

「ボクもまだ甘い！」

だっと身を翻《ひるがえ》し、普段の虚弱な印象からは想像もつかないほど素早い身のこなしで階段を駆け上がっていった。

「か」

エルシィは必死で、

「神様あああああああああ！」

と、桂馬を追いかけようとしたが、

「邪魔だよ！」

「おい！　どけって！」

どやどやと上の階から下りてきた一団と、さらに濃厚に逆巻《さかま》き始めた煙に阻《はば》まれて彼を見失ってしまった。

驚異的な意志の力で、桂馬はもうもうと煙が立ち籠《こ》める店内に飛び込み、自分が座っていた場所を恐るべき直感で探し当てた。そしてさらに視界がほとんど効かない状態で、ただゲームへの愛情だけを頼りに忘れ物を回収する。

「よし！」

と、彼はそれを抱擁《ほうよう》するようにしっかり抱《かか》えると、

「さあ、一緒に逃げるよ！」

と、まるで人間にでも声をかけるように呼びかけ、今度こそ脱出するべく足を動かした。

だが。

いかに彼といえど心のほうはなんとかなっても、生理的な仕組みで動く身体《からだ》のほうはどうにもならない。

「……あれ？」

店を出たところでぐらっと大きく重心が揺れたのを始まりに。

「あ、れ？」

目の前が次第に朦朧《もうろう》となり。

「……れ？」

がくがくゆらゆらと足が頼りなくなって、その場にへたり込む。

「ぐ、う」

彼はそれでも懸命に前に進もうとするが。

「う……う」

元々、身体頑健《しんたいがんけん》なほうでは決してないのだ。ここまで来られたのは。

ただゲームへの真摯《しんし》な想いがあったからこそで。

それを回収した今。

「……う」

ふつりと緊張の糸が途切れている。桂馬《けいま》は白濁《はくだく》していく意識で考える。

(こ、ここで終わり、なのかな、ボクは?)

不思議と。

恐怖も苦しみもなく。

(あ、ああ)

桂馬は考えた。

(せめてこの手に持っているソフトはクリアしたかった……)

そうして彼がゆっくりと微笑《ほほえ》んで、目をつぶろうとしたまさにそのとき。

「だいじょうぶ?」

声が聞こえた。

桂馬《けいま》はそちらを見つめ、

（！）

驚く。

煙の中から現れたのは真っ白な衣装に身を包んだ少女。古代ギリシャ人が纏《まと》っていたような白い衣装。白いミニスカート。サンダル。ふわっと長い髪に、不思議な光沢を持った瞳《ひとみ》。真っ白な肌。なにより。

背中に背負っている羽。

（てん、し？）

と、その少女が手を差しのばしてくるのと、桂馬の意識がふつっと途切れるのがちょうど同じタイミングだった……。


翌日、舞島《まいじま》市立病院では看護士が色をなして怒っていた。

「こらあ！　桂木《かつらぎ》さん！　いいかげん、ゲームは止《や》めなさい！」

それに対して乳白色の院内着を着た桂馬は、

「……」

ベッドの上に身を起こして、無言でゲーム画面に目を落としていて、エルシィは、

（か、変わらないな、神様はどこにいても……）

と、冷や汗半分でそんな桂馬を見つめていた。つまり桂木桂馬は入院することになったのである。

幸い目立った外傷も、後遺症もなく、大事を取っての検査入院なのでほんの二、三日あればすぐ退院できそうだった。

「でも、よかったですね……大したことがなくて」

と、桂馬と彼に付き添う形で屋上に上がったエルシィがほっと胸を撫《な》で下ろすように言った。

「昨日は本当に心臓が止まりそうでしたよ。神様に何かあったらどうしようって」

桂馬が無事に店の裏手で発見されたとき、エルシィは思わずほろりと涙をこぼしたモノなのである。ちなみに桂馬の母親、麻里《まり》はつい先ほどまで一緒にいたが、経営している喫茶店『カフェ・グランパ』を開けねばならないため、エルシィに後事《こうじ》を託して帰っていった。

桂馬は、

「……」

先ほどから黙然《もくぜん》としていた。

ゲームをやっているからでもあるが、実はあることをずっと考えていたのだ。

（ボクは助けられたのか？　あの……天使、みたいな格好をした女の子に？）

実はその辺の記憶が判然としないのである。気がつけば彼は店の裏手に寝かされていた。恐らくはあの煙の中で出会った少女に肩を貸してもらって、火の手にまかれ始めたビルから脱出したようなのだが……。

現実だったのか。

あるいはすべて幻だったのか。

桂馬《けいま》は今一つ確信が持てないのである。そもそも、もし本当に少女が自分を助け出したのだとしたら。

いったいなぜ彼女は自分の前から姿を消してしまったのか？

それが理解できない。

意識を失った桂馬を放っておいて、その場から消えてしまった理由がわからないのだ。また火災現場で、誰もそんな少女を見てはいないのだそうだ。だから、桂馬はアレは自分の幻覚だったのではないかと、半分疑っている。

「……いい、天気だな」

屋上に座り込んで空を見上げ、そう呟《つぶや》く。

こんな燦々《さんさん》と日が照っている下で考え事をしていると、あの少女のことだけではなく、昨日のことすべてがまるで夢の中の出来事のように思えてくる。

「そうですねえ」

エルシィも相づちを打ってコンクリートの上に座り込んだ。それから彼女は急に跳《は》ね上がるように立ち上がる。

「あっ、そうだ！」

彼女は桂馬を見て、

「お母様にちょっとお話ししておくことがあったんです！　ちょっと電話してきますね！」

そしてぱたぱたと手を広げる走り方で屋上の出入り口に向かって走り去ってしまった。桂馬はそちらのほうを見送って軽く溜息《ためいき》をつく。

「……忙《せわ》しないヤツだ」

それから彼は携帯用ゲーム端末ＰＦＰを手に持ったまま、寝そべり、

「！」

思わず軽く固まる。

給水塔がある屋上から一段高くなった塔屋《とうや》のふちに、一人の少女がだらりと足を垂らして座って、こちらを見下ろしていることに気がついたのだ。彼女は恐らく、こちらが気がつくのをじっと見下ろしながら待っていたのだろう。

桂馬と目が合うと、

「あははは、やっと上を見上げてくれた♪」

とんとそこから軽やかに飛び降りた。

ふわっと。

桂馬《けいま》の前にその少女がまるで天使のように降り立つ。少女はスカートの裾《すそ》を指先で摘《つま》み上げ、優雅に一礼してみせた。

「こんにちは、綺麗《きれい》な目をした王子様♪」

それが少女との二度目の邂逅《かいこう》になった。


少女はにっこりと微笑《ほほえ》んだ。

「……王子様？」

「……」

桂馬は驚いて固まっている。少女は桂馬を見下ろす格好。桂馬は寝そべっている。なのでスカートの中身がちょうどアングル的に……。

白。

「……」

下着らしい下着だな、と思う。桂馬はまったく動じることなく、起き上がるとぱんぱんと膝《ひざ》の辺りを払った。無言でちろっと少女を見る。

少女は屈託《くったく》なく、

「あははは、なんだか元気そうだね、王子様。よかった！」

「……」

桂馬の脳みそが鋭く回転し始めた。

彼はわずかだが眉《まゆ》をひそめた。

(昨日の？　女の子？)

一瞬だけ昨日の記憶が蘇《よみがえ》る。少女は目を細めて、

「ちょっと煙を吸っちゃってたから心配したんだけど」

また破顔一笑《はがんいっしょう》する。

「よかった！　元気そうだね？」

桂馬は結論を出す。そしてそれを口に出す。

「もしかして……ボクを助けてくれたのは？」

すると少女は、

「うん！」

と、元気に頷《うなず》いた。

「ちょうどあのビルに居合わせてたんだ。少し探し物があって」

「探し物？」

と、少女の独特の雰囲気に巻き込まれつつあることを自覚しながら桂馬は問い返した。少女はハキハキとしていて、潑剌《はつらつ》としているのに、どこか捉《とら》えどころのない口調で、

「そう。クエスト・・・・!」

と、はっきりそう言う。

「広がる星の海の中で、一定のリズムを発している星がきっと目的の場所だから!」

「……」

沈黙する桂馬《けいま》。一向、頓着《とんちゃく》しない少女。

「その一つ一つを探して回ってるの。星巡りのクエスト!」

「……」

桂馬は言語処理能力に優れ、論理的な思考を得意とする。通常、女の子を落とすとき、彼は相手の言葉の整合性の揺らぎをロジックから割り出す。それでたとえば彼女らが隠している秘密を探り当てたり、守ろうとしている主義やアイデンティティーを特定したりすることができるのだ。だが、これが一転、最初っからそもそも整合性がない、揺らぎっぱなしの相手だと非常に対応しにくくなるのである。

彼の頭脳がこの少女をある種のカテゴリーに分け始めている。

「幾《いく》つか」

と、桂馬は問う。

「よくわからなかった。探し物?」

忍耐強く。

「何を？　一体何を探しているの？」

少女はけらけらと機嫌よく笑った。

「それは、絶対に変わらないプラス。永遠の宝物。マイナスを幾らかけても足しても変わらない永遠のプラス」

「……」

桂馬は頭の芯が痛くなるのを感じた。ひくんとこめかみがどうしても引き攣《つ》ってしまう。

「そう……見つかりそう？」

少女は大まじめに、

「ううん」

と、微笑《ほほえ》む。

「難しそう」

そして。

「……」

「……」

両者、沈黙が訪れる。少女は後ろ手に手を組み、にこにこと笑っている。桂馬は桂馬で同じくらい笑《え》みを浮かべているが、明らかに作為的で無理があり、こめかみは終始、ぴくぴくしていた。彼はタイミングを計っていた。

〝じゃ！〟

と、この場を後にするタイミングを。

〝助けてくれたのはありがとう。ボクの様子を見に来てくれたのかな？　それもありがとう。ではちょっと用を思い出したので、失礼する。さようなら！〟

と、すたすたこの場を去るタイミングを。

そして、彼がここだ、という瞬間、〝じゃ！〟と発言しようとしたそのとたん。

「でも、王子」

少女はくるっと背を向けると、屋上の手すりから街を眺め下ろし始めた。

「今日はとってもいい天気だね～。街がすごく元気そうだよ」

桂馬《けいま》は見事に出端《でばな》を挫《くじ》かれ、足を動かすことができなかった。彼はちょっと思考を巡らせ、深い溜息《ためいき》をつく。

「……ボクは王子じゃない」

それは先ほどから突拍子《とっぴょうし》もないことを言い続ける少女に対する、桂馬なりのせめてもの抵抗だった。少女は嬉《うれ》しそうに振り返った。

「王子だよ！」

「……」

「だって、そんなに綺麗《きれい》に澄んだ目をしている……綺麗な、なんでも見通すような千里眼の瞳《ひとみ》。水晶の、神意が宿るカムナガラの瞳」

少女はてんと一歩、大きく跳《は》ね飛ぶようにして近づいてくる。

にこにこと笑っている。

「ど、うも」

少女がぐいっと桂馬の目を面白がるようにして覗《のぞ》き込んできたので、桂馬は疎《うと》ましく思いながら、

「……〝助けてくれたのはありがとう。もしかしてボクの様子を見に来てくれたのかな？　それもありがとう。では〟」

一気に当初、用意していた台詞《せりふ》を畳みかけようとしたら、

「……君はとってもゲームが好きなんだね。わたしも大好きだよ。わたしがやっているのはそういうクエスト♪」

と、少女はまた桂馬の言っていることとは微妙にベクトルがずれたことを答える。桂馬は内心、頭を抱えそうになる。そして、

〝やっぱりそうだ、コイツ！〟

と、結論づける。

〝こいつ電波系だ……〟

ロジカルな桂馬にとって相当に相性《ポエティカル》が悪い相手《な》である。

そもそもさっきから言ってることが。

何一つ理解できない！

桂馬《けいま》が思わず救いを求めるように辺りを見回した、ちょうどそのタイミングで、

「神にーさま～！」

と、エルシィが屋上に姿を現した。少女はちらっとそちらを見て、微笑《ほほえ》む。

「妹さん？」

彼女はするりとその場を離れる。

「じゃあ、わたしはそろそろ行くね？」

桂馬はほっと安堵《あんど》する反面、やっぱり彼女は命の恩人なので、

「あ、ああ。ありがとう……改めてお礼を」

「わたしは天美透《あまみとおる》」

「桂木《かつらぎ》桂馬」

「いい名前だね」

少女はふわんと緩《ゆる》やかに微笑んで手を振る。

「じゃあね、ケイマくん。なんにしても君が無事でよかったよ。わたしにとってはそれだけで充分。人の命はどんな宝物より大事なのであった～♪」

それから後ろ手に手を組むと鼻歌を歌いながら陽気に去っていった。

すれ違うエルシィ。

不思議そうな表情で彼女を見送り、そして。

ドロドロドロドロドロ。

エルシィの髪飾りが突然、音を立てて反応しだす。エルシィは驚いて自分の頭を押さえた後、口パクをしながら階段を下りていく少女の背中を何度も何度も指さす。

「つまり」

と、思わず桂馬《けいま》はがっくりと膝《ひざ》を突きそうになったのをなんとか堪《こら》えて呟《つぶや》いた。

「あの子は駆《か》け魂《たま》持ち、ということだったのか……」

なんとなくイヤな予感はしていたのだが……。

それが当たった。

「神様！」

と、エルシィは駆け寄ってきて叫んだ。

「あの人！」

「わかってるよ」

桂馬は厳しい表情でエルシィを制した。

「わかってる。駆け魂が入ってるんだろう？」

エルシィはこくこくと頷《うなず》いた。それから彼女は不思議そうに、

「なんか神様とお話ししていたみたいですけど……お知り合いですか？」

「実質、今日が初対面だ」

桂馬はそれ以上は説明しようとしなかった。彼は既《すで》に少女……天美透《あまみとおる》と名乗った少女の攻略を考え始めていたのだ。

心のスキマに巣くう〝駆け魂〟が入っている少女を恋愛的な状態に持ち込み、心を満たすことによって駆け魂を討伐《とうばつ》、回収する。それが地獄の〝駆け魂隊〟の一員であるエルシィの使命であり、その協力者《バディー》である桂馬の役目なのだ。

その精緻《せいち》で、鋭利な頭脳が激しく回転しだす。彼の記憶回路には過去クリアした無数のゲームが、そのルートはもちろん、攻略した各ヒロインの台詞《せりふ》まですべて一言一句間違いなく刻まれているのだ。彼は想起する。

思考する。

演繹《えんえき》的に。そして帰納《きのう》的に。そして一つの結論を導き出す。

「やっぱり……〝電波系〟。それも〝お花畑タイプ〟だな」

それから首を横に振った。

「いや、まだ属性を確定するのは早すぎるな。ただ、そのアプローチから入るしかないか」

そして彼は天美透が去った屋上への出入り口を見やって、軽く舌打ちをした。

「ご多分に漏《も》れず、ボクはあの子の通う学校も、住んでいる場所もわからないときている。やれやれ、これは体力を使う攻略になりそうだ」

エルシィがおずおずと尋ねた。

「あの、神様…… 〝電波系〟って」

彼女は記憶を掘り起こすような表情で、

「えっと」

ちょっと自信がなさそうに、

「……神様が苦手って言っていたタイプの女の子ですか？」

「……」

桂馬《けいま》はちろっとエルシィを見やる。

そして。

『振り回されても、振り回されても守り抜く。どうかわたしのお花畑で遊んでいってね！』

彼の背後に可愛《かわい》らしくデフォルメされたお花が幾《いく》つも舞っているように見えた。エルシィはごしごしと目を擦《こす》るが、

「……ふう」

色とりどりの花は既《すで》になく、桂馬が軽く溜息《ためいき》をついているだけ。

「とりあえず、まずはここから退院しないとな。それと」

と、彼はエルシィの間違いをびっと指を突きつけ、正した。

「ボクは電波系が苦手じゃない！」

ただ面倒なんだ。

と、彼は言った。エルシィは不思議そうにきょとんとしていた。


それから三日後のことである。少女。

天美透《あまみとおる》は街を歩いていた。亜麻色《あまいろ》の髪にふんわりと白いワンピース。十字架のペンダント。

淡い藤色《ふじいろ》のミュール。際だった端整な顔立ち。抜群のプロポーション。なのですれ違う男性の視線が彼女につうっと吸い寄せられ、張りつき、思わず首を巡らせ、振り返っていく。

可愛い子だな〜。

と、大概の男性なら思うだろう。だが、少女はそんな視線には一向、無頓着《むとんちゃく》だった。彼女はずっと、きょろきょろと立ち並ぶビルを見上げていた。

手にメモ帳を持っていて、一体、どういう基準なのかは不明だがときおり、

「あ、こんなところにも導きの星が」

と、呟《つぶや》いて、小さなペンで何事か記していく。さらに携帯でぱしゃっとビルを撮って、

「あはは」

また何かうんうんと頷《うなず》きながら、メモ帳に記した。そしてメモ帳と携帯をポーチにしまい、

ゆらゆらと揺れるように動き出す。

と、彼女の足がふと止まった。

「？」

きょとんとした表情で首を傾《かし》げた。

雑踏の中、一人の少年が壁に背をもたせかけ、腕を組んだ姿勢からゆっくりと身を起こしたのだ。彼、桂木桂馬《かつらぎけいま》が天美透《あまみとおる》の前に立ち、ふっと笑った。

(まずは)

「……探し物、手伝おうか？」

(相手の世界観に入り込む！)

少女の身体《からだ》がしばらく硬直した。それから彼女は叫ぶ。

「あ〜、王子！」

桂馬は雑踏の中、いきなりそう叫ばれ、少し怯《ひる》んだが、

「お供をさせてください、プリンセス」

そう言って恭《うやうや》しく胸元に手を押し当てた。それは内面では結構、努力がいることだったが、外面的には完璧《かんぺき》に近い紳士っぷりだった。

「わ〜〜！　王子！　よかった！　退院できたんだね！」

突然、少女が桂馬に向かって走り出してきた。いきなりがばっと抱きつく。周りの通行人がびっくりした顔をしている。

桂馬も驚いたが、

「は、は。お陰様《かげさま》で」

少女はちょっと離れ、桂馬の手を握り、ぴょんぴょんと飛び跳《は》ねた。

「王子、回復早い！」

さらにもう一度、がばっと抱きついた。

「ん〜。どうやらちゃんと人だね。煙の中で見たときは宝物かと思ったけど。でも、こうして結晶しているっていうことはたぶん、宝物じゃない。違う？」

言っている意味がよくわからない。

それと。

「う」

標準よりもかなり大きめの胸をぐいぐいと押しつけられるので気になって仕方ない。弾力が……柔らかい。

だが、桂馬は。

「……」

あえてされるがままでいた。彼はこれから大きな忍耐を強いられると覚悟していた……。

それをちょっと離れた電柱の陰から見ている少女が一人いる。エルシィである。

彼女は桂馬《けいま》からこう聞かされていた。

〝ボクは相手の物語の中に飛び込む〟と。

その言葉の意味はよくわからなかったが、とりあえずエルシィは桂馬を信じて彼を遠くから見守っていた。


「本当に奇遇《きぐう》だね、王子!」

ようやく気が済んだのか天美透《あまみとおる》が桂馬から離れた。そしてそれが癖《くせ》なのか後ろ手に手を組み、にこっと微笑《ほほえ》む。

桂馬は少しほっとして改めて天美透を見やった。

(さて。外観的に際だって気になる部分はないな……今のところ)

桂馬の視線がほんの一瞬だけ鋭さを帯びて、天美透を精査した。少し独特なファッションセンスをしていると思うが、格別、おかしなところは感じられない。

ただ、改めて感じる。

抜群の美少女である。初めて出会ったときから気になっていたが、もしかしたらハーフとかクオーターなのかもしれない。著名《ちょめい》な西洋画家が描いた天使の絵がそのまま抜け出してきたような、そんな印象。日本人離れしたすごく肉感的なスタイルをしているというのに、どこか現実味に欠けて見えるのも、そんなイメージに拍車をかけていた。

端的に言うと生々しくないのである。

まるで本当に天使のような……。

「今日はどうしたの？」

と、そんな天美透が透き通った笑顔で尋ねてきた。

「何か街に買い物に？」

澄んだ鈴の音のように綺麗《きれい》な声音《こわね》だが、これまたどこか生身のニンゲンぽくない、妙にぼやけたような喋《しゃべ》り方。

桂馬は一言言った。

「探し物……あるんでしょ？」

と。

天美透は目をぱちくりさせていた。

「探しますよ、プリンセス？」

（まずはフランクに）

「……」

しばらく天美透はじっと桂馬を見つめていた。桂馬は繰り返す。

「お前が探している永遠のプラス。一緒に探そう」

（ちょっと強気な感じで。キャライメージとしては魔術師とかだ）

「……」

「お供させていただきます」

（忠実なる騎士の言い方だな）

「……」

「わ、わ〜！　わくわくするな、冒険の旅がこれから始まるんだ！」

（少し、子供の感じ。妖精だ。どうかな？）

「……」

「そ、そなたが探す永遠のプラス。わ、私も見てみたい」

（上から目線の貴族だ。長い時を生きる魔物でもいい）

と、いろいろ、言い方を変える。

「……」

それでも目を見開いてじっと桂馬《けいま》を見つめている天美透《あまみとおる》。

辺りの通行人がわけのわからないことを言っている桂馬を怪訝《けげん》そうに見やりながらすれ違ったり、追い越していく。ちょっと離れた場所にいるおばちゃん二人組がひそひそと互いに耳打ちをしているようだった。

〝可哀相《かわいそう》に〟

とか。

〝まだ若いのに……この陽気で〟

とか。ひそひそ。

ひそひそ。

本当は桂馬だって、このまま思いっきり遠くに駆け出していきたいくらいだった。

〝やってられるかあ！〟

と、心の底から叫んで。羞恥心《しゅうちしん》が込み上げ、顔が赤くなっていくのを自覚する。だが、桂馬はそれでも言葉を紡《つむ》ごうとする。

相手の心に届く言葉を。

相手の世界の扉を開く、その鍵《かぎ》となる言葉を探そうと。

「御礼を。これは単なる恩返しですよ、お姫様」

桂馬がやろうとしていること。

それは相手の世界観を理解し、それに自《みずか》らを同化させていくことだった。テンションと設定その他すべてを桂馬のほうから彼女に合わせていく。〝電波系〟の少女にはその作業が絶対に不可欠だった。

彼女が一体、何を望んでいるのか。

何を見ているのか。

どんなパーソナリティーをしているのか。

通常、恋愛に陥《おちい》っていく過程で必要な相互理解が、この手の少女の場合は何段階も煩雑《はんざつ》な手続きの先にあるのだ。

だから、桂馬《けいま》はまず言葉のジャブを撃ち放ち、相手の構築する世界観を探ろうと試みていた。そのためいろいろな喋《しゃべ》り方をしているのだが、

「……導きの星」

すっと彼の眼鏡《めがね》の奥が落ち着いた光を帯びた。

「このビルにもあるね？」

予《あらかじ》め気がついていた彼女の言葉の法則。それを指し示す。

「……君は」

と、桂馬は真っすぐ指を頭上に突き上げた。天美透《あまみとおる》の視線がそれを追って上に上がる。

『バー・ラッキーチャンス』

という看板が、桂馬たちがいる道路の真上にあった。ビルの三階からちょっと張りだした形のネオンサインである。

きっと夜になれば煌《きら》びやかな光を辺りに投げ放つのだろう。

そしてその看板には。

「こういった星を探しているのだろう？」

黄色い、恐らくは流れ星をイメージしていると思われる、星のオブジェが飾られていた。天美透はまだ身動きをしない。

じっとその様子を見守る桂馬。

ふと。

「あは」

と、天美透の顔が綻《ほころ》んだ。桂馬は一瞬、息を呑《の》んだ。

成功か？

失敗か？

彼女と初めて出会った火災を起こしたビル。あのビルにも確か星マークの看板を掲げた中古ゲームショップがあった。そのことを桂馬は記憶していたのだ。そして病院の屋上で再会したときに彼女が言った台詞《せりふ》。

『星巡りのクエスト！』

その台詞も桂馬の詳密《しょうみつ》な記憶回路は覚えていた。だから、その二つを推論から結びつけてみせたのだが。

「そう！　すごい！　どうして分かったの？　わたしがこの星を探してるって？」

「……」

桂馬は内心、ほっと安堵《あんど》の吐息《といき》をついた。どうやら正解だったようだ。天美透の瞳《ひとみ》が急に強い輝きを帯びた。

　ぼやけていた口調に真実の熱が入り込む。

「あはは、王子！　すごい！　本当にカムナガラの瞳だ！」

　手を組み合わせ、興奮したようにそう叫ぶ少女。辺りの人たちはますます奇異《きい》な目で、桂馬《けいま》とそれから不自然なくらい大きな声を出している美少女を振り返っていく。桂馬はその視線を痛いほど意識しながら、にこっと微笑《ほほえ》んでみせた。

「わかるよ。君のことは」

　相手の世界観に合わせ。

　相手の心に合わせ。

　相手を知っていく。恐らくはその彼女の探している〝永遠のプラス〟なるモノが彼女の心を理解する決定的なキーになるはずだ。

　だから。

「言ったろ？　一緒に探させてほしいって」

　桂馬は一歩、踏み込む。

「うん！」

　と、少女が頷《うなず》いた。

「君は王子だ！　本当に王子様だ！」

少女は快諾《かいだく》した。

「探そうよ、〝永遠のプラス〟。一緒に探そうよ！」

「……うん。〝永遠のプラス〟だね」

桂馬の目がほんのわずかだが油断のない光を放つ。

「で、それはどんな形をしているんだっけ？」

天美透《あまみとおる》の心を知ろうと。

桂馬は探りを入れる。天美透がぴたっと止まった。しまった。と、桂馬は内心で軽く舌打ちをした。少し急ぎすぎたか？

だが、天美透は、

「あははは、それがまったくわからないんだ！　どこにあるのかも！　どんな形をしているのかも！　まったく！」

と、明るく屈託《くったく》なくそう答えた。

桂馬は、

「なるほど……」

と、答えながら視線を落として考えている。

そう・い・う・設・定・に・な・っ・て・る・の・か……。なるほど。

だから、彼はそのとき、気がつかなかった。

「……」

天美透《あまみとおる》の表情が一瞬だけ、奇妙に歪《ゆが》んだことに。

（ふ〜ん）

と、生身の女の子めいた、どこか桂馬《けいま》を試すような見下げるような視線。皮肉なことにその瞬間だけ、天美透の端整な顔にニンゲンらしいと言えばニンゲンらしい表情が過《よ》ぎった。遠くで見ていたエルシィが〝おや？〟と思うくらい。だけど、そのとき、桂馬の視線センサーは天美透から外れていたので、

「じゃあじゃあ、一緒に行こう！　今一番、気になる場所！　そこに行こうよ！」

と、天美透がまた元のほやっと緩《ゆる》んだ表情と、どこかピントのずれた声音《こわね》に戻ったとき、その変化を察知することができなかった。

「もちろん」

と、彼は微笑《ほほえ》んで答えた。


彼はまあ、とりあえずそれで自分の選択に合格点を出したのであるが……次の瞬間、天美透が叫んだことはかなり予想外だった。

「ね？　そこの妹さんもぜひ！」

彼女はちょっと顔を上げると、電柱の陰に隠れているエルシィに向かってにっこり微笑んで

そう声をかけたのだ。

　桂馬は内心、驚いていた。まったく周囲に関心を払っているように見えなかった天美透が突然、エルシィを誘ったのだから。しかも彼女は桂馬と話をしている間、ただの一度もエルシィに視線を向けることはなかった。

　それなのに彼女は躊躇《ちゅうちょ》なく、エルシィに向かって声をかけた。エルシィとはたった一回、屋上ですれ違っただけのはずなのに。

　一体、いつ頃《ごろ》からエルシィの存在に気がついていたのだろうか？

　ちょっと困惑している桂馬とそれ以上にあたふたしているエルシィを手招きして、天美透はにこにこと歩き始めた。


　そして。

　なんやかやでバスに乗って停留所を二つほど移動したところで、

「じゃん！　ここが目的の場所！」

　桂馬とエルシィはぽかんとしている。

　それは室内型の大型アミューズメント施設だった。桂馬たちの住んでいる街は比較的、田舎《いなか》であるがゆえに土地が結構、あり余っている。学校や図書館、市役所やスポーツセンターなどの公共施設もそうだが、こういった民間の行楽施設もやっぱりびっくりするくらい大がかりなモノが多かった。

今、桂馬《けいま》たちの前に聳《そび》えている『ガッカン・ランド』という建物も繁華街のど真ん中に建っている巨大なビルが、丸ごと総合レジャーランドになっているのだ。カラオケから、ボウリングから、漫画喫茶から、レストランまですべて一つのビルに入っていた。

さらに驚くべきはなんとビルの側面からレールが突きだして、ぐるっと一回転してまたビルの中に吸い込まれている点である。

そしてときおり、

「きゃあ～！」

「わ～！」

という悲鳴とともに人が数人乗ったコースターがビルの側面から飛び出してきて、ぐるんと一回転してまたビルの中に入っていく。

つまり。

「信じられないこと、するな……」

と、桂馬は冷や汗とともに呟《つぶや》く。

ビルの中に半分、無理矢理ジェットコースターが組み込まれているわけである。安全基準とかいろいろと大丈夫なのだろうか、このビル？

「……」

桂馬はまだ絶句している。

ちなみにエルシィは、

「わ〜！」

瞳《ひとみ》をキラキラさせて手を組み合わせていた。天美透《あまみとおる》が嬉《うれ》しそうに言った。

「ほら！　ここにあんなにおっきな導きの星！」

彼女が指さすビルの屋上には確かに大きな星のオブジェがある。

「さ、中に入ろう⁉」

そして桂馬とエルシィはまたも天美透に手を引っ張られて中に入っていったのである。


そもそも桂馬はこのビルの外観を見たときからあまりいい予感はしていなかった。だけど、天美透と付き合うと決めた時点から覚悟はしていたのである。

何があっても彼女の世界観で遊び抜くと。

でも。

それでも。

「ぐ、くく！」

一階の受付で手続きを済ませた後、いったん透、エルシィと別れて、男性用更衣室に入り、そこでとある衣装になって出てきた桂馬は呻《うめ》かざるをえなかった。

「なんでボクが」

きゅっと拳《こぶし》を握った。

「なんでこんな格好を」

肩が自然と小刻みに震える。屈辱《くつじょく》感と気恥ずかしさが同時に込み上げてきた。でも、それに対してエルシィは、

「わあ～！　神様、似合ってますよ！」

大きく手を打って賞賛の声を上げる。同じく天美透《あまみとおる》も、

「うん。王子は執事《しつじ》でもきりっとしてていいね。きっと」

と、わけのわからないコメントを寄せ、満足そうに頷《うなず》いた。ちなみに彼女はお姫様の格好をしていた。王冠をきちんとつけている。自前の胸の十字架のペンダント以外はすべて新しい衣装に着替えていた。

そしてエルシィはメイド。

桂馬《けいま》はというと……。

「うう。まさかこんなわけのわからないスポットだったとは……」

執事のコスプレをしていた。でも、確かに女の子二人が言うように、わりと品があって端整な顔立ちをしている桂馬は、そういう形式張った格好がよく似合っていた。

受付のお姉さんが微笑《ほほえ》んで尋ねてくる。

「お姫様にメイドさんに執事さん。何か問題はありませんか?」

「ありませんですわ。ねえ、エルシィ?」

「は〜い、で、ございます♪　お姫様」

女の子たちが瞬時に役になりきって答えた。そして受付のお姉さん、天美透、エルシィが同時にくりっと桂馬のほうに顔を向けてくる。みんな何かを期待するようなわくわくとした表情だ。桂馬は一瞬、その女の子たちのきらきら光る瞳《ひとみ》に怯《ひる》んだものの、そうそう仏頂面《ぶっちょうづら》ばかりもしていられない。天美透の手前もあるのだ。

にごっと無理矢理微笑んで、

「問題」

答えた。

「ありません、プリンセス」

恭《うやうや》しく胸に手を押し当てて答えてみせた。今日、初めて天美透と出会ったときと同じように。女の子たちがきゃ〜とはしゃいだ黄色い声を上げた。

確かに。

桂馬はそういう格好と仕草がよく似合っていた……。

『ガッカン・ランド』

その最大の特色は全国でも稀《まれ》なコスプレして遊べる行楽施設、という点だった。もちろんずっと自前の服でも構わないのだが、ここを訪れる者は大概、衣装倉庫に保管された（すべてコンピューター上で管理されていて、館内のパソコンで検索できる）コスプレ用衣装のリストと睨《にら》めっこして自分にもっとも似合う、あるいは着てみたいコスチュームに着替えていた。ガッカン・ランド内にストックされた衣装のバリエーションは実に豊富で、今、桂馬《けいま》たちが着ているようなお姫様や執事《しつじ》などの定番服はもちろん、漫画やアニメのキャラクターのファッションや世界各国の民族衣装、動物やマスコットキャラクターの着ぐるみ、パイロットや看護師の制服なんかも常備されていた。

サイズも男女分それぞれたっぷりあったから、たとえばきりっとした女の子が宝塚風の男装をしていたり、受け狙《ねら》いの男の子が魔法少女の格好をしていたりするが、まあ、大概は無難に自分の性別に合う格好をしていた。

もしどうしても自分にぴったりくる服がわからなかったら、受付のお姉さんがアドバイザーになって代わりに衣装を選んでくれるシステムにもなっているのだ。だから、桂馬たちも最初だからというのでお姉さんに服を見立ててもらった。

確かに三人の外観に合ってると言えばかなり合っている。

と、桂馬なども不承不承《ふしょうぶしょう》ながら思っている。

このガッカン・ランドを訪れる者はやはり若いカップルや友達同士などが多いが、単身で来る者や家族連れなども意外に少なくなかった。上の階には初対面の者同士でも交流できるダンパ（コスプレしてダンスできる）会場があったし、子供たちが可愛《かわい》らしい着ぐるみに着替えてとんだり跳《は》ねたりしているのをお父さんやお母さんが微笑《ほほえ》ましそうに見たりしている。

休日ということもあって館内はかなり盛況だった。

桂馬は半分、やけくそで、

「では、お姫様」

半分、心を制御して執事になりきった。

「まずはどこに参りましょうか？」

天美透《あまみとおる》がふわっと大きく手を広げて、微笑んだ。

「ん～とね。まずはボウリングだよ！　ボウリング！」

で、桂馬とエルシィは天美透に引っ張り回されることになる。四階のボウリングコーナーに上がってそのままのコスプレでボウリングを行う。

「えい！」

天美透は実に綺麗《きれい》なフォームでストライクを次々に取っていく。

「やったあ！」

と、彼女はお姫様の格好でくるっと鮮やかに片足ターンを決めてみせた。ぶいっと白い歯を見せ、ガッツポーズ。そのたびふわっとスカートの裾《すそ》が浮かんで、白い足がかなり露《あら》わになる。ものすごい美少女がそんなことをしているので周りのお客さんが驚いたように桂馬《けいま》たちに視線をむけてきた。一方、

「お、おにーさま？　こ、こうでしょうか？」

エルシィもしっかりと自分に合った軽めのボールを選択して、手堅くピンを倒していく。初めてとは思えないくらいきちんとボウリングというゲームを楽しんでいた。

結果。

「わ！　ぜ、ぜんぶ倒れちゃいました！」

と、綺麗《きれい》に二投目でスペアなんかを取ったりしている。そしてそれを見て、天美透《あまみとおる》がすごく喜んだりしていた。

「はい、ナイス、エルちゃん！」

「あ、ありがとうございます！」

いつの間にか愛称で呼んでハイタッチなんかも交《か》わしている。

そして。

一方、桂木桂馬《かつらぎけいま》はというと、

「く！」

ガーター。

一本か二本。

ときどき、スペア。

あまり褒《ほ》められた成績ではない。

でも、肩で息を切らせながら桂馬は、

（ここはこれくらいでいいだろうな……）

と、内心、思っていた。


そしてボウリングの後はカラオケ。このガッカン・ランドは館内にいる間は何度、衣装を着替えてもお金がかからないシステムになっている。

そのため桂馬たちも（主に天美透の発案で）そのシステムを利用して、衣装をまた替えることになった。三人はそれぞれとある国民的な名作アニメのコスチュームに着替えた。カラオケに関しては、少なくとも天美透は抜群の歌唱力を披露した、とだけ言うのがもっとも適切だった。さらにもう一度、今度は時代劇風の衣装に身を包んで、

「行こう！　ここに来たら絶対にこれに乗ろう！」

と、半《なか》ば天美透に引きずられる形で、ジェットコースター（〝ガッカン・ガッカン・コースター〟）に搭乗した。その、建物の中からにゅるっとまるで大岩に巻きつく大蛇《だいじゃ》みたいな形で

突き出たジェットコースター。

天美透《あまみとおる》はもとよりエルシィも大はしゃぎだったが。

人一倍、理性的な桂馬《けいま》だけは、

（こ、この建物と乗り物……本当に法定の安全基準を満たしているのか？）

と、ずっと不安そうな面持《おもも》ちだった。


と、いろいろな意味で乗っている間はずっと怖かった……。

ジェットコースターは狭い室内と屋外部分を走るねじ曲がったレールの上を、ものすごいスピードで行ったり来たりして走り回った。安全バーを外し、コースターから降りたときは、きゃあきゃあ騒いでいる女子陣に対して、桂馬は相当にふらふらだった。

とにかく桂馬はずっと押されっぱなしだった。

その後、さらにゲームコーナーに出向いて、レーシングゲーム、エアホッケー、リングにバスケットのボールを放って何度入るかを競うゲーム、パンチ力を測定するゲームなどをやっている間も、

「ちょ、ちょっと待って。それも！　それもやるのか？」

とか、

「お、おい！　エルシィ！　お前まで！」

BOWLING
STRIKE!
KARAOKE
るこう あるこ
ROLLER COASTER

とか、息も絶《た》え絶《だ》えな有様《ありさま》だった桂馬《けいま》だったが。

「……」

筐体《きょうたい》に向き合ってやるデジタルなゲームが並んだ一角に足を踏み入れた瞬間、すっと静かになった。荒らげていた息が綺麗《きれい》に落ち着き、たらたら流れていた汗が鮮《あざ》やかに引っ込む。

眼鏡《めがね》をくいっと押し上げ、

「……」

無言でクイズとパズルが混じったゲームをクリアしていく。それは、

『～あったまいいい！～検定』

と、題された全国対戦型の知能ゲームだった。幾《いく》つかのステージにわかれ、全国にいるプレイヤーと頭のよさを競い合うゲーム。なので基本的な知識を問うクイズから、数学的な閃《ひらめ》きを問う証明問題、論理学に基《もと》づくパズル、言語能力を問うディスカッションなど広範囲な分野から様々な問題が出題されたが、

「ふん」

桂馬は面白くもなさそうな表情で次々と他を圧倒していった。

手が。

閃くように動いてもっとも的確な回答を一瞬でパネルに叩《たた》き込んでいく。そのスピードは余人の追及をまったく許さない。

「す、すご〜い！」

天美透《あまみとおる》が叫んでいる。エルシィが、

「わ！　わ！　またおにーさま、勝ちました！」

桂馬が座っている椅子《いす》の背もたれ部分を握って興奮していた。

好成績を出したプレイヤーのランキングは別の場所に設置された大きなスクリーンに表示される。そのためいつの間にかギャラリーまで集まってきて、

「うお！　なんだ、あれ？　また全国ランカーに勝ったぞ」

「……なんだろう？　天才？」

ひそひそと後ろで囁《ささや》き合っていた。そして桂馬は全国七位のプレイヤーと最後、オンライン上で一騎打ちすることになる。

向こうは、

『これでどうですか？』

と、潜水艦ゲームとチェスを混ぜたような頭脳ゲームでの決着を提案してくる。桂馬は、

『……異存はない』

と、打ち返す。そして店内の客どころかネット上で人が何百人も観戦する中、

「……」

桂馬の目がちょっと細くなる。さすがに考える時間が長くなる。大きなスクリーン上に映し

出されるゲーム展開は桂馬《けいま》やや不利。

相手の攻撃に序盤、押し込まれているように見える。

天美透《あまみとおる》は息を呑《の》んでいる。

エルシィはよくルールがわかっていないけど、手に力を込めた。そして、

「ふ」

桂馬の身体からすっと力が抜ける。

一点。

彼の怜悧《れいり》な頭脳が相手の隙《すき》を見出《みい》だす。凡人にはまったく気がつくことのできない、ほんの微《かす》かな、わずかなロジックの揺らぎ。だが、ゲームの神様、桂馬にはそれで充分だった。その瞬間から一気に逆転劇が繰り広げられる。

「おお！」

と、ギャラリーがどよめくほどに鮮《あざ》やかな反撃。手練《てれん》の早業。刹那《せつな》の思考。

詰みに至る速攻。

巧妙《こうみょう》に張り巡らされた罠《わな》。

再度、相手の本陣に肉薄していく妙手《みょうしゅ》の連続。怒濤《どとう》の攻撃。

そして。

『参りました。お見事』

と、ネットの向こう側の相手プレイヤーの苦笑が見えるような、絵に描いたような見事な勝利。桂馬もまた唇《くちびる》で笑《え》んで、

『Ｎｉｃｅ　Ｆｉｇｈｔ』

と、相手の健闘をたたえる返信をした。その瞬間、期せずして後ろのギャラリーから拍手が起こった。

ゲーム上のコメント欄にも、その全国ランカーと無名のチャレンジャーとの熱戦を見守っていたゲーマーから惜しみのない賞賛の書き込みが連続する。

赤や黄色の文字がちかちかちかとパネルに乱舞した。

「……ふう」

さすがに桂馬もちょっと疲れたようで軽く溜息《ためいき》をついて筐体《きょうたい》の前から離れた。天美透が心の底から驚嘆《きょうたん》したように言う。

「王子！　やっぱり王子だ！　すごい！　格好いい！　でも。え？」

と、彼女は目をくるくると回しながら、

「なんでゲーム？」

言ってる意味はあんまり明白ではないが、要するに〝なんでそんなにゲームが強いの？〟と問《と》うているのだろう。

それに対して、

「……」

微妙に相手を観察するような表情になった桂馬《けいま》……ではなくて桂馬の勝利に思いっきり酩《めい》酊《てい》したような体《てい》のエルシィが、

「う～！　か、神にーさまは！」

と、興奮した口調で答えた。

「おにーさまは神様なんです！」

その瞬間。

「……」

天美透《あまみとおる》の動きが固まった。そして。

「?」

「……?」

桂馬と怪訝《けげん》な顔をしているエルシィの前で、

「あはははははは！」

何かが割れたような笑い声を立てて、

「神様！　そうか、王子は神様だったんだ！」

なら。

と、彼女は言った。にこっと微笑《ほほえ》んで、

「あのとき、わたしが天使の格好をしていたのは間違いではなかったんだね？　神様？　ああ、なるほど！　そうかそうか！　よかった、わたしは天使になって神様を助けたんだ！」

「……」

桂馬は先ほどから押し黙っている。天美透は透《す》き通った表情で、

「あなたが神様でわたしが天使。それなら」

すっとエルシィを指さす。

「あなたは可愛《かわい》い悪魔かな？　ね、エルちゃん？」

不可思議《ふかしぎ》な。

意味のよくわからない表情。

「これで三人。神と天使と悪魔だ！」

エルシィはどきっとした。偶然だろうけど。

彼女に正体を言い当てられた気がした……。

そして。

「……」

桂馬はじっと黙っている。ただずっと天美透の表情を観察していた。

「……なんだか」

と、エルシィは桂馬《けいま》に向かってそっと囁《ささや》く。

「不思議な感じのする人ですね、透《とおる》さんって？」

三人はその後、最上階のイベントフロアに来ていた。

周りには様々なコスプレをした人でいっぱいだ。もうじきダンスイベントが始まるため、人がたくさん集まってきているのである。

桂馬は眼鏡《めがね》の奥の無表情な瞳《ひとみ》で、ドリンクコーナーにフリードリンクを取りに行った天美透《あまみ》の背中を見つめていたが、

「……」

無言でエルシィに視線を転じた。

エルシィは少し俯《うつむ》き気味になって訂正する。

「ううん、不思議な感じのする、ではなく実際に不思議な人ですね」

こくこくと頷《うなず》く。

いつの間にかエルシィの存在に気がついたり、恐らくは意図していないのだろうが、図《はか》らずもエルシィの正体について言及してみたり。

「……神様。〝電波系〟というのはみんなあんなに勘の鋭い、不思議な人たちばかりなのですか？」

桂馬にそう尋ねた。

その問いに桂馬はしばらく考えるそぶりを見せていたが、

「まあ、そうだろうな」

と、一応は頷いた。

「電波系は時々、そういった不思議な直感をみせたりする。それがオンナの勘なのか、はたまた本当に何かを受信しているのか……それはわからないが、いいか？　エルシィ」

と、桂馬は指を立てて説明を始めた。

「電波系は大まかに言って〝真性受信タイプ〟と〝お花畑タイプ〟があるんだ。それぞれ外見的にもかなり違いがあって〝真性受信タイプ〟は青白い肌、無表情な顔立ち。髪はショートだったり、ベリーショートが多い。対して〝お花畑タイプ〟はふりふりな乙女《おとめ》っぽい服装。髪はほぼ十中八九《じっちゅうはっく》ロングかセミロングだ」

と、講義口調で次々に特徴を上げていく。

「〝真性受信タイプ〟は多くの場合、心に闇《やみ》を抱えていたりする。突然、奇妙なことを口走ったり、奇っ怪な行動に走る。文字どおり何か悪い電波でも受信したかのようなエキセントリックな言動をとるのがこのタイプだ。また極めて危険な属性としても知られている……ボクも何度、手ひどい修羅場《しゅらば》に巻き込まれたことか」

きらっと眼鏡のふちを光らせる桂馬。

「つまり、ひじょ～に厄介《やっかい》だ」

エルシィはたらりと冷や汗をかいている。

「厄介ですか？」

「厄介です」

桂馬《けいま》は溜息《ためいき》をつき、

「まあ、天美透《あまみとおる》は後者、いわゆる〝お花畑タイプ〟だけどな。〝真性受信タイプ〟とは真逆でまずエキセントリックな行動をとることはない。独自の法則に基《もと》づく独自の世界観に生きている。人畜無害《じんちくむがい》なタイプだよ。よく〝天然〟キャラと間違われたりするが」

と、桂馬は少しその端整な眉《まゆ》をひそめ、

「まったく違う。完璧《かんぺき》に違う！」

「……どう、違うんですか？」

と、エルシィ。桂馬はそんなエルシィをちょっと冷ややかに眺めてから、

「お前はアイスクリームとシャーベットを同一のモノと思うか？」

また、どどんと彼の背後に巨大なアイスクリームとシャーベットの映像が見えたような気がした。そこには。

〝アイスクリーム。クリームに牛乳・砂糖・香料・ゼラチンなどを加えて凍らせた氷菓子！〟

と。

〝シャーベット。果汁に砂糖液を加え、かきまぜながら凍らせた氷菓子！〟

という説明書きさえ記《しる》してあるようだった。

でも、やっぱりそれもすべて幻で、

「確かに二つとも冷たい氷菓子という点は共通しているが、成分がまったく違う」

と、桂馬の講義が続いているだけである。

「〝天然〟はそもそも物語を紡《つむ》がない。ときどき、現実認識に齟齬《そご》があるだけで主観はあくまで現実に根ざしている。〝天然〟と指摘されるのは現実とその〝天然〟の行動にズレが生じたときだけなんだ。あくまで。だけど〝お花畑タイプ〟は違う。彼女らの主観は最初から現実と重なり合わない。逆にズレが重なりあった部分がボクら一般人との共通言語になっている。さっきの〝真性受信タイプ〟がたとえば一貫しない悪い電波に反応して行動しているように見えるのだとしたら、〝お花畑タイプ〟は目に見えない妖精に囁《ささや》かれ導かれ動くというか。必ずその後ろに一貫した世界観を持っているものなんだ」

「……」

エルシィは黙り込む。桂馬の言っていることは難しすぎてよくわからない。頭の左右にそれぞれ人差し指を突き当て、混乱した目つきになった。

桂馬は考え込む表情になる。腕を組み、片方の指を顎先《あごさき》に当てて、

「だが」

彼は小さく呟《つぶ》いた。

「……わからない。天美透《あまみとおる》の〝物語〟は一体どこにあるのか」

桂馬《けいま》は、今日一日、ずっと天美透を観察し続けていた。彼の鋭利な頭脳は肉体がへとへとに疲れ果てていてもじっと静かに回転し続けていたのである。

天美透が紡《つむ》ぐ物語の本質を。

そのキーを。

彼女の心に迫る手がかりを探して。

だけど。

(最初に出会ったときが天使。今日、ボクを〝王子〟と呼んでいたから恐らくはお姫様のイメージ。でも、その後、アニメキャラ、時代劇風、さらに泥棒のコスチュームとウサギの着ぐるみに着替えた。そしてまた天使を自称……ありえない。通常、〝お花畑系〟は自我を即応《そくおう》させる一貫した物語世界を形成していて、それに合わせた自己像を固着《こちゃく》させているものなのに。天美透の場合、いかにコスプレ自由の施設に来たからと言って、現出させる自己イメージがあまりにも頻繁《ひんぱん》に変わりすぎている。いや、外見だけではない。その喋《しゃべ》っている内容も)

桂馬は心の中でその疑問をずっと考えていた。彼の頭脳は高速でフル回転する。

(天美透の言葉に一貫性がない。なぜだ?)

彼は折に触れて天美透に様々な質問を投げかけていたのである。

さりげなく。

ときには強引に。

〝導きの星〟と彼女が探す〝永遠のプラス〟の因果関係について。

あるいは〝永遠のプラス〟の具体的なイメージ。

そもそもなんで彼と最初に出会ったときに天使のコスプレをしていたのか？

またなんで彼らをこのような行楽施設に連れてきたのか？

こうやって遊び回ることと〝永遠のプラス〟を探すことが一体どのように繋《つな》がるのか？

とにかくヒントになることを求めて可能な限り彼女と会話をしたのだ。

でも。

（わからない。というか）

天美透が巧妙にその問いをはぐらかしているようにさえ感じられた。最初は彼女の機嫌を損ねぬよう、できるだけ彼女の世界観に合わせるような質問を重ねてきたのだが、そもそもその世界観の存在自体がまったく見えてこなかった。

（まさか）

と、桂馬はふとイヤな結論に思い至る。

（……偽《いつわ》っている？　天美透はもしかして〝電波系〟を偽っているのか？）

だが、彼はすぐに自分の考えを否定した。

（いや、それはありえない。最初からボクやエルシィをターゲットにして何か詐術《さじゅつ》でもしようと考えていない限りは〝電波系〟を偽《いつわ》るメリットがそもそも彼女にはないんだ。何より、それこそが〝天然〟と〝電波系〟を分ける最大の違いなのだから……だから）

と、そこまで考えたとき、ふと桂馬《けいま》は我に返って顔を上げた。

「あれ？　そう言えば天美透《あまみとおる》は？」

ジュースを取りに行ったまま、随分《ずいぶん》と長いこと帰ってこない。

桂馬自身、相当な時間、自己の中に埋没していたようだ。〝う〜〟と先ほどからずっと同じポーズで桂馬の語った内容を一生懸命、頭の中で整理していたエルシィも、

「あ、あれ？　そういえば！」

きょろきょろと辺りを見回す。

「た、たいへんです！　神様！　透さん、いない！」

桂馬が目を見開いた。それから彼は叫ぶ。

「くっ、これだから……」

どうやら一番、恐れていたことが起こったようだった……。

それよりちょっと前のことである。ウサギの着ぐるみを着た一人の少女が桂馬とエルシィを人混み越しに遠くからじっと見つめていた。

彼女の瞳《ひとみ》には、

「……」

哀《かな》しそうな光が浮かぶ。

携帯電話を見下ろし、そこの履歴に映った名前を見て、

「やっぱり……もう帰らないと、ダメか」

彼女のほんわりとした表情が急速に醒《さ》めていく。

きゃっきゃとはしゃいでいた笑顔はどこかに消えさえり。

生身の女の子っぽくない、軽やかな雰囲気は重たい、気怠《けだる》げな気配にとって変わっていく。

天使がするすると人に変わっていく。

いかなるイメージでもなく。

ただ一人の。

天美透という少女に返っていく。

「さようなら」

と、一瞬だけ桂馬を名残《なごり》惜しげに見た後、

「あなたがなんでわたしに付き合ってくれていたのか最後までよくわからなかったけど」

彼女はくるっと背を向け、片手を上げて呟《つぶや》いた。

「ありがとう、楽しかった」

それはもう。

会うつもりのない少年への惜別《せきべつ》の言葉。彼女は真っすぐにそのまま宴《うたげ》の出口へ向かって歩いていった。


程なく。

ダンスイベントが始まり、すさまじく賑《にぎ》やかな音楽が流れ始め、辺りの人たちがどんどこどんどこ踊り出しているさなか、

「だ、だから、ボクは電波系はイヤなんだ！」

と、桂馬《けいま》が思いっきり叫んでいた。

「また最初からエンカウントしないといけない！」

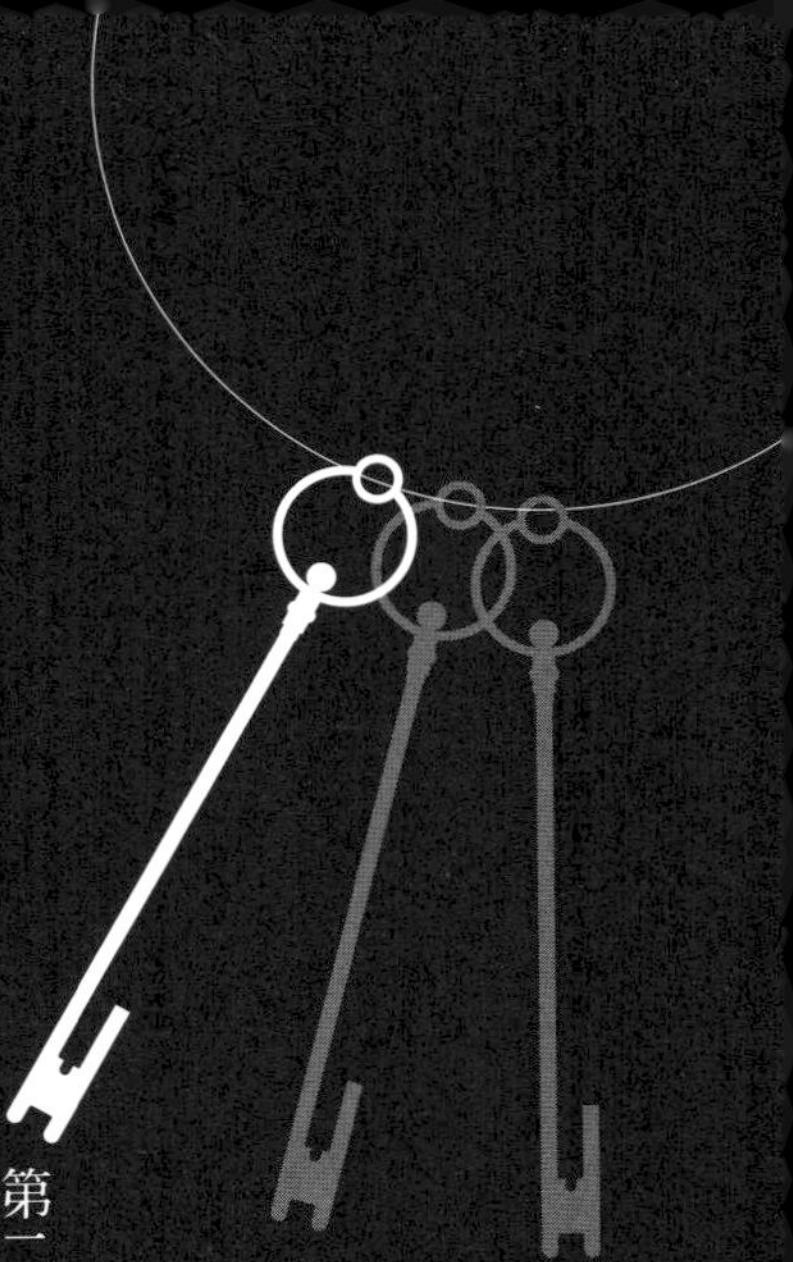

第二章　コインの表と裏と

天美透《あまみとおる》をガッカン・ランドで見失って次の日。

〝落《お》とし神《がみ》〟こと桂木桂馬《かつらぎけいま》はダルダルとした足取りで街を徘徊《はいかい》していた。前屈《かが》みになり、手をだらりと垂らし、表情は気怠《けだる》げ。

「はあ」

と、制服姿の桂馬は溜息《ためいき》をつく。

学校が終わってからそのままの格好で来たのだ。彼の隣には同じく制服姿のエルシィが並んで歩いている。

「……反応、ないですね。今のところ」

と、エルシィはドクロの髪飾りを触って呟《つぶや》いた。

「昨日もちょっと再探索してみたのですが、どうも透さん、私のセンサーの範囲外にいっちゃったみたいで」

と、申し訳なさそうに桂馬を見やる。桂馬はやる気のなさそうな瞳《ひとみ》で、

「いいよ。エンカウントするのが難しいのも〝電波系〟の特徴だから」

「そ、そうなんですか?」

「そう。大概の場合、住んでいる場所とか背景が分からないし、下手《へた》をすると名前すら本名じゃなくってただのあだ名だったりする場合がある。街をランダムに歩き回って出会うしか方法がないのも面倒くさい理由の一つなんだが」

と、彼がそう言いかけたそのとたん。

ドロドロドロドロドロドロ。

いきなりエルシィの駆《か》け魂《たま》センサーが反応を見せた。

エルシィ、桂馬ともに固まる。

「来た！」

と、エルシィ。

（早いな……）

と、内心で桂馬。エルシィが、

「こっちの方角で」

と、指をさす方向に二人は目を向ける。商店街の入り口付近。アーケードを横切るような形で一人の少女がゆっくりと歩いていく。

で。

「だれ？」

「え？」

二人揃《そろ》って固まった。それは。

天美透ではなかった。

なんと。

「い？」

「は？」

天美透《あまみとおる》とはまったく別の少女だった！

「わ！　わ！　なんですか？　これ？」

「落ち着け！」

桂馬《けいま》が叱咤《しった》する。

「問題ない。別の駆《か》け魂《たま》が入った別の女の子だ」

「で、でも。そんな！　え？」

エルシィが混乱しているさなか、さらなる異変が起こる。

ドロドロドロドロドロドロ。

再度、駆け魂センサーが反応したのだ。まったく反対側の方角。エルシィとそれから桂馬が反射的に振り返る。

「う」

と、桂馬が呻《うめ》き、

「わ〜、わ〜！　こっちは透さんか……」

エルシィが呆然《ぼうぜん》と呟《つぶや》く。商店街の反対側。先ほどの少女とはまったく逆の方向に天美透が一人、歩いているのだ。

彼女はこちらの様子に気がついている様子もなく。

「わ！　わ〜！　両方行っちゃいますよう！」

エルシィが手をぱたぱたさせた。

彼女は判断を仰《あお》ぐように桂馬を見上げる。

「……」

桂馬の決断は素早かった。一瞬、沈思《ちんし》したが、すぐにエルシィに指示を下した。

「エルシィ！　お前は天美透のほうを追え！　ボクはあの新しい子を追う！」

「で、でも」

「いいから行け！　で、追いついたらなんとしても天美透を引き留めろ！　いいな？　そして連絡先を……いや、できればボクの家まで連れてくるんだ！」

と、言いだしざま、桂馬は走っていた。未知の女の子を追って。

エルシィもそれ以上は躊躇《ちゅうちょ》しなかった。

「わ、わかりました！　やれるだけやってみます！」

彼女も反対側に向かって走り出したのだった。

桂馬の判断理由はシンプルだった。天美透とエルシィが顔見知り、という一点。つまり天美透をエルシィが追いかけても捕まえられる、ということ。

それに対して未知の少女は情報の蓄積がまったくないので桂馬《けいま》自身がその素性《すじょう》を確かめるしかなかった。声をかけるのも、呼び止めるのも彼がやるしかないのだ。なので桂馬は天美《あまみ》透《とおる》の追跡をエルシィに任せ、自分は天美透とは別の少女を追いかけたのだが。

幸い少女の足取りはゆっくりとしたものだったので桂馬の足でも充分、追いつくことが（それでも桂馬はぜいぜいと息を切らしたが）できた。

「！」

そして桂馬はその背中を見やって、眉《まゆ》をひそめる。

（え？）

と、驚いた。

（うちの……学校、なのか？）

少女は桂馬が通う舞島《まいじま》学園高校の制服を着ていた。さらに、

「……」

桂馬の足音を聞きつけ、振り返った少女が呟《つぶや》いた台詞《せりふ》が桂馬をさらに驚愕《きょうがく》させた。

「あれ？　桂木《かつらぎ》君？」

桂馬は愕然《がくぜん》として足を止めた。

彼女は。

桂馬と同じクラスの少女だった……。

桂馬は学校にいる間、ほとんど他人と没交渉で過ごしている。休み時間も授業中も（たとえ体育であろうと！）、ずっと携帯ゲーム機で美少女ゲームをやっているので、ほかのニンゲンからは完全に奇人変人扱いされていた

そんな桂馬なので彼から他人、特に不完全な存在だと思っている現実《リアル》の女の子たちに話しかけることはないし、女の子たちは女の子たちで四六時中ゲームをやっている彼をオタメガネとバカにして、積極的にコミュニケーションをとろうとはしなかった。

なもんで、桂馬が女の子たちの名前もまったく覚えていないかというと……。

（確か……）

と、桂馬は思う。

（吉野麻美《よしのあさみ》、といったか……）

実はそんなこともないのである。彼、桂木桂馬は桁外《けたはず》れの記憶力を有しているので、たとえば同じ日直当番になったり、なにかで先生に名前を呼ばれるような機会があれば、その女の子の名前くらいはきちんと記憶しているのである。

桂馬は同時に彼女のプロフィールも思い出している。

（茶道部員。教室の後ろの席。よく一人で本を読んでいる。物静か）

断片的な情報の数々。

それ以上は桂馬《けいま》も知らない。ただ。

(目立たないヤツだったよな)

「……桂木《かつらぎ》君も」

と、少女。

吉野麻美《よしのあさみ》が淡々とした声で尋ねてきた。

「こっちの方向なの?」

「え?」

「家」

「あ、ああ」

ほんの数瞬、桂馬は反応が遅れた。だけど、すぐに、

「いや、ちょっとこちらのほうに用があって」

と、首を横に振った。彼はさらに吉野麻美を観察する。そして戸惑う。困った。まったくとっかかりがない。

顔立ちはそれなりに整っていて、スタイルもそれなりにすらっとしている。でも。

たとえば天美透《あまみとおる》みたいな、いかにも〝美人〟といった印象は受けない。可愛《かわい》らしい、という感じでもなければ、活発、という感じでもない。だからといって無口、かと言えばそうでもないし、無表情なわけでもない。

薄く微笑《ほほえ》んでいる。

桂馬をバカにする少女たちが多いなかで、彼女のほうから声をかけてきたのは珍しいが。

でも、だからといって桂馬に好意があるようには見えないし、博愛精神に満ち溢《あふ》れているわけでもなさそうだ。

声も普通。

表情も普通。

着こなしも普通。全体的にすべてが平均値ですべてが薄ぼんやりしている。

「……？」

今も桂馬が急に沈黙したのでちょっと困惑したように眉《まゆ》をひそめているが、彼が、

「……えっと、よかったら途中まで一緒に歩いていいかい？」

と、そう尋ねると、

「いいよ」

と、笑って頷《うなず》いた。

でも。

その表情も普通だった。

スポーツ少女でもない。お金持ちとは聞いていない。本は好きみたいだが、無口な文学少女

ではないし、格闘家でも、ましてやアイドルでもない。桂馬《けいま》を忌避《きひ》はしないが、親しみを見せるわけでもない。

ただ淡々と。

淡々と偶然、帰り道でばったりと出会ったクラスメートと話している。そんな感じ。桂馬は吉野麻美《よしのあさみ》と歩きながら話して大いに困惑していた。

今までの経験では、駆《か》け魂《たま》が入っている少女はよくも悪くも大きな特徴がある子が多かった。エキセントリックだったり、過度に攻撃的だったりして、そこから逆に付け込む隙《すき》を見つけて〝落として〟きたのだが。

この吉野麻美はあまりにもすべてが普通すぎるのだ。

今、エルシィが追いかけているはずの〝電波系〟天美透《あまみとおる》とは驚くくらい対極だった。

「……今日は」

と、桂馬は尋ねる。

「部活はないの？」

「ないよ」

と、歩きながら吉野麻美。

「確か」

桂馬は重ねて尋ねた。

「茶道部だったよね？」

少しでも何か手がかりが欲しかった。その問いに吉野麻美が少し驚いたように、

「あれ？　桂木君《かつらぎ》、よく知ってるね」

「部活の一覧がクラス掲示板に貼《は》ってあるだろう？　あの、誰がどこに入っているかの一覧。アレ、作ったのがボクなんだ。日直のとき。だから、覚えている」

「へえ」

そう言うと吉野麻美は感心したように、

「記憶力がいいんだね、桂木君は」

微笑《ほほえ》む。

桂馬はもどかしさを感じる。

すべてが淡々としすぎている。これくらいならいっそ忌避されたり、気味悪がられたほうが彼にとってはやりやすかった。

なんなんだ、この子は？

と、桂馬は思った。

なので、彼は言葉のジャブを放った。

「吉野さんこそ」

と、わざと意地悪な表情をつくり、

「……キミこそよくボクの名前を覚えているね。ボクみたいにゲームばかりやっているオタクニンゲンの名前を」

「……」

吉野麻美《よしのあさみ》は格別反応を示さなかった。

それから、

「だって」

と、静かに笑う。

「桂木《かつらぎ》君は有名人だよ。きっと。自分で思ってるよりも」

と、そうあくまで普通に。


桂馬《けいま》は困っている。

なんだかうっすらとした膜を自分と吉野麻美の間に感じるのだが、その膜の正体がよくわからない。〝ごく平均的な対応〟という厄介《やっかい》な膜。

そして程なく。

「あ、桂木君。ここが私の家だから」

と、吉野麻美はそう言って微笑《ほほえ》み、手を振った。

「じゃあ、また明日学校で」

最後まで物静かな喋《しゃべ》り方。彼女はとある大通りに面した一軒家に入っていく。それを、

「あ、ああ。また明日」

と、見送りながら桂馬《けいま》は思っていた。

（住んでいる家までごく普通だよ！）

本当に見事なまでに標準的な一戸建てだった。


「仕方ない」

と、しばらくそのなんの変哲《へんてつ》もない一軒家を見上げてから桂馬は首を振った。これ以上、ここで吉野麻美《よしのあさみ》の家を見上げていたところで何か益《えき》があるとは思えない。

とりあえず駆《か》け魂《たま》が入っている少女は桂馬のクラスメイトで、その住んでいる場所まで特定できたのだ。もう片方の天美透《あまみとおる》の正体不明ぶりに比べれば充実した成果と言えるだろう。いったんここは天美透を追いかけているエルシィと合流しよう。

と、そう決断を下し、歩き出しかけ、桂馬はふとあることに気がつく。

（そういえば）

今日、彼女、吉野麻美も学校にいたはずだ。それなのにエルシィの持っている駆け魂センサーは特に彼女に対して反応を示さなかった。

ということは……。

（つまり学校から帰る途中に駆け魂が入ったわけか。でも、一応、念のため、エルシィに再チェックさせないとな。明日にでも）

と、彼は頷《うなず》く。

で。

「お？」

彼の足がぴたりと止まる。吉野麻美と話していて気がつかなかったが、彼女の家のすぐ隣が小さな古書店だった。

こぢんまりとした店構え。

軒先でワゴンセールなんかをやってるタイプの。

で、桂馬の目は、その幾《いく》つか店先に並んだワゴンの中にムック本が詰め込まれていることを鋭敏に察知した。

『美少女ゲーム通史』

とか、

『ツンデレからヤンデレまで～とあるゲーム開発者の独り言～』

と、言った彼の食指が動くような本が何冊も無造作《むぞうさ》に売られている。

「む」

桂馬《けいま》はそれを見過ごして去ることがどうしてもできなかった。

「うむむ」

と、難しい顔でその何冊か並んだ本を手に取る。読みふけり始めた……。

買うにしてもまず内容を改めなければならない。


十分ほどして。

「いってきま～す！」

と、隣家で元気な声がして、少女が飛び出してくる。桂馬ははっとして顔を上げた。

その声。

間違いない。

吉野麻美《よしのあさみ》だ！

そして彼女もまた足を止めて、

「？」

と、桂馬の姿を認めて、驚いた顔になった。

「……桂木《かつらぎ》、君？」

一度、別れた相手がまだいたので困惑したのだろう。吉野麻美は眉《まゆ》をひそめ、桂馬を見てく

る。桂馬は桂馬で、

（あ、あれ？）

と、思っている。

なんか。

（ずいぶんと表情に変化が……）

少女は桂馬が手に持っている『美少女ゲーム通史』を見やり、

「やっぱり」

にやっと笑った。

「桂木君、だね？」

「あ、ああ」

「ぽいねえ～」

「え？」

「そうやってゲームの本なんか読んで」

「ん？　ああ……それより吉野？」

「なに？」

と、私服に着替えた吉野麻美は髪を無造作《むぞうさ》にくくると、にこっと微笑《ほほえ》んで桂馬を見やった。

そうやって桂馬に隔意《かくい》を持たないところは先ほどと一緒だが、今は随分と……。

「お前……ほんとに吉野《よしの》か？」

一瞬、吉野麻美《あさみ》は固まった。

それから破顔一笑《はがんいっしょう》する。

「あははは、やだな！　私は吉野だったら！」

悪戯《いたずら》っぽい表情を浮かべ、

「吉野。私は吉野麻美！」

桂馬《けいま》はびっくりしている。なんというか。

吉野麻美は相当、イメージが異なっていた。

私服を着ているからなのか。

それともほんのりと化粧でもしているのか。

それに先ほどとは異なり、ずいぶんと生き生きとした表情を浮かべている。つい十分ほど前。自宅に入る前。制服を着ていたときには〝平均値〟が服を着ているような、まったく特徴のない印象だったのだが。

今は生気に満ちた活発な雰囲気を身に纏《まと》っていた。

歩き方や身のこなしの一つ一つが自信と喜びに満ち溢《あふ》れている気がする。不思議なことにこうやって元気よく喋《しゃべ》っていると、

「ねえ、桂木《かつらぎ》君」

と、吉野麻美は少し上目遣いに、小悪魔的な甘え声で言った。

「……暇《ひま》みたいだし、よかったら私とちょっとお茶でもしない？」

ものすごく可愛《かわい》らしい、魅力的な女の子になっていた。


桂馬は不思議に思う。

女子は。

謎《なぞ》だ！

気がつけば彼は吉野麻美と近くの喫茶店で一緒にお茶をしていた。一階が木製のオープンデッキになっていて、その上を青い天蓋《てんがい》が覆《おお》っている。テーブルや椅子《いす》もちょっとお洒落《しゃれ》なデザインのセンスのいいカフェテリアである。

店員の制服も可愛い。

そんな喫茶店で、

「……で、ね。この前、見たテレビが」

と、吉野麻美はあまり益《えき》のないことをべらべら喋っている。

桂馬はしばらく呆然《ぼうぜん》としていたが、

（なるほど……〝二重性格〟か）

と、少しだけ気を取り直して、彼女を観察した。

二重人格ではない。

二重性格。

キャラクター。あくまでギャルゲーに則《のっと》って女の子を攻略しているので、桂馬《けいま》にとっては〝人格〟ではなく、〝キャラクター〟なのだ。

二重性格とは、その〝キャラクター〟が二つに乖離《かいり》している少女のことだ。

たとえば皆のいる前だとつんけんしている癖《くせ》に、二人っきりになると急に甘えてくる少女。

あるいは普段はしっかり者なのに、主人公の前に出るとメロメロに骨抜きになってしまう年上のお姉さんとか。

そんなふうに一定の状況下でまったく違う受け答え、立ち居振る舞いをするのが二重性格の少女の最大の特徴だった。

（この子の場合……）

と、桂馬の目が光る。

（……スイッチは学校の内と外。そんなところか？）

だが、結論を出すのはまだ早すぎだった。

駆《か》け魂《たま》が入っている少女は必ず何か問題を抱えている。

その問題は少女たちの言動に深く関係してくる。それは今まで攻略してきた女の子たちからイヤと言うほど学習してきた。

もし。

桂馬の推論どおり、この吉野麻美《よしのあさみ》が二重性格ならば必ずその特徴と、彼女の抱えている悩みは直結しているはずだった。

「ねえ」

と、突然、吉野麻美が桂馬の前で手を振って尋ねてきた。

「聞いてる？　桂木《かつらぎ》君？」

「え？　あ、ああ」

桂馬はようやく我に返って吉野麻美を見やった。

「ごめん……なんだっけ」

「も～」

と、吉野麻美は頰《ほお》を膨らませ、

「茶道部は部員がなかなか集まらないからたいへんって話をしていたの」

「そっか、ごめん」

にっと吉野麻美は笑う。

「いいよ」

それから冗談めかして、

「でも、ここのお茶代くらいはおごってもらおうかな？」

そう言ってちゅるちゅるっとストローでアイスコーヒーをすすった。悪戯《いたずら》っぽい上目遣い。桂馬《けいま》は笑った。

眼鏡《めがね》の奥が優しい光を帯びる。

「喜んで。それくらいで済むのなら」

「！」

吉野麻美《よしのあさみ》はちょっと赤くなった。

桂馬は実は端整な顔立ちをしている。それが彼女の心をなんだか穿《うが》ったようで、あたふたと身を起こしながら、

「も！　も～。冗談だって……桂木《かつらぎ》君。意外に真面目《まじめ》だね？」

「……」

「というか、桂木君……こういう言い方失礼かもしれないけど」

「？」

「よ、よく見ると、は、ハンサムだね！」

桂馬が眉《まゆ》をひそめた。不快ではないが。ちょっとびっくりした。

「あ、ははは！　なんか話とちが……ほかの女の子たちが話してるのとずいぶんと違う。オタメガネって言われてるんでしょ？」

「一部には……」

「ねえ。でも、格好いいよ。ねえ？」

と、彼女は意地悪そうに目を細めた。

「実は彼女とかいるんでしょ？　結構、遊び人？」

「……」

桂馬はなんと答えていいかわからなかった。

まず何より彼が感じたこと。

一体、彼女のどこに悩みがあるのだろうか？

それくらい吉野麻美は屈託《くったく》がなく、明るかった。先ほど一緒に帰っている間、感じていた奇妙な膜のようなモノが綺麗《きれい》さっぱりなくなっている。

（ということは）

桂馬はきらんと目を光らせた。

（二重性格の問題は学校にあり、か）

この子の場合、明日、学校で再度会ったときが勝負な気がする。桂馬がそんなことを考えていると、

「あ、あれ？」

と、小さな声が隣から聞こえてきた。

「やっぱり……王子？」

その声にどきんと胸が跳《は》ねる。

(ま、まさか!)

あってはならない。

やってはいけない。

起きてはならない。

そんなことが……。

(げ!?)

と、振り返ってみて思った。

(何やってるんだ、エルシィ!?)

とも。

そこにいたのは。

「……こんにちは、王子」

〝電波系〟少女、天美透《あまみとおる》だった……。

美少女ゲームではときどきある。同時攻略している女の子たちが、ばったりと出会ってしまういわゆる〝修羅場《しゅらば》〟イベント。

場合によっては意中のほうの女の子の嫉妬《しっと》をかき立てて、それが攻略に繋《つな》がったりもするが、下手《へた》を打つと両方の信頼度を失って一気にバッドエンドへ一直線になる。

ひじょ～に慎重に選択肢を決めなければならない場面。

桂馬《けいま》は咄嗟《とっさ》に女の子二人の顔を見た。

まず吉野麻美《よしのあさみ》。

「ふ～ん」

と、なぜか声を出し、目を細め、テーブルに肘《ひじ》を突いた。桂馬をにやにや面白そうに見ている。一方、天美透。

彼女は。

「……」

哀《かな》しそうに桂馬を眺めていた。

「あ、いや、これは」

と、桂馬はシドロモドロで答えた。

い、いかん！

と、内心思っている。これではいかん。これではいかんのだ。だが、なんと言葉を紡《つむ》いでいいかわからない。

そもそもなんでここに天美透がいるのか？

「……そこを通ったら」

と、天美透《あまみとおる》は喫茶店が面した通りを指さした。

「見覚えがある背中。王子」

ぐわ〜。

エンカウントしにくい癖《くせ》にこういうときだけは妙に勘よく現れる。だから。

だから、〝電波系〟は厄介《やっかい》なのだ！

「あのさ」

と、そのとき、なんの気なさそうに吉野麻美《よしのあさみ》が持っていたバッグからメモ帳を取り出した。

ぺりっと一枚紙を破く。そこへ持っていたペンでさらさらと何か番号を書き付け、

「これ、私のメアド」

にこっと笑い。

「メールしてね、お、う、じ♪」

軽くウインクする。そして立ち上がる。

「あ」

と、桂馬《けいま》は思わず立ち上がって呼び止めようとする。しかし、その前に、

「……」

無言で天美透が身を翻《ひるがえ》す。

「ちょ、ちょっと！」

桂馬にしては精彩に欠ける対応だった。だが、仕方ない。

彼の超精密な頭脳は、

(天美透とはエンカウントしにくい。またどうもこの様子からボクと吉野麻美の仲を何か誤解しているようだ。だから、天美透を積極的に呼び止めるべきかもしれないが、しかし、それでは現在、より攻略に近い位置にいると思われる吉野麻美を遠ざける結果に結びつく。また天美透の反応には幾《いく》つか疑問点がある。場合によってはこのまま誤解させていたほうがいいかもしれない……が、その逆もまたありえる!)

と、ものすごい勢いで回転していて。

果たして吉野麻美と天美透、どちらに声をかけるべきか。

どちらに弁明するべきか。

どちらを呼び止めるべきか。

という命題に対して。

(ほとんど五分と五分!)

いや。

(この場合、どちらを重点的に呼び止めてもいい結果は出ない!)

という一応の結論を出しているので、

「あ、ちょ、ちょっと!」

と、かたや跳《は》ねるような足取りで、

「やっぱりご馳走《ちそう》になるね、アイスコーヒー。ご馳走様♪」

と、手を振って去っていく吉野麻美《よしのあさみ》と、

「……」

これまた無言で一度だけちらっと桂馬《けいま》を振り返ったものの、

（わ！）

と、桂馬がびくっとするくらい冷たい目だった天美透《あまみとおる》に対してまったく有効な手を打てないでいる。そのまま彼女たちはそれぞれテラスの反対側に下りていく。吉野麻美も、天美透もそうして桂馬を喫茶店に置き去りにして出ていった。

「な、なんだったんだ……」

あまりの展開にぽかんとしている桂馬。

これは予想外だった。

というか。

「エルシィ……」

が、しっかりと天美透を押さえていれば、こんなバカみたいな遭遇《そうぐう》イベントは起こらなかったはずなのである。

と、そこへ。

「か、神様～！」

てててってとそのイベントを引き起こした張本人であるエルシィが駆け込んでくる。彼女は半べそをかきながら、

「す、すいませ～ん！　透さんを見失ってしまいました！」

「ば」

と、桂馬の口から声が漏《も》れた。次の瞬間、

「ばかあああああああ！　ついさっきまでここにいたんだぞ！」

エルシィのあまりの不出来さに。

思わず頭を抱えて叫んだ桂馬であった……。

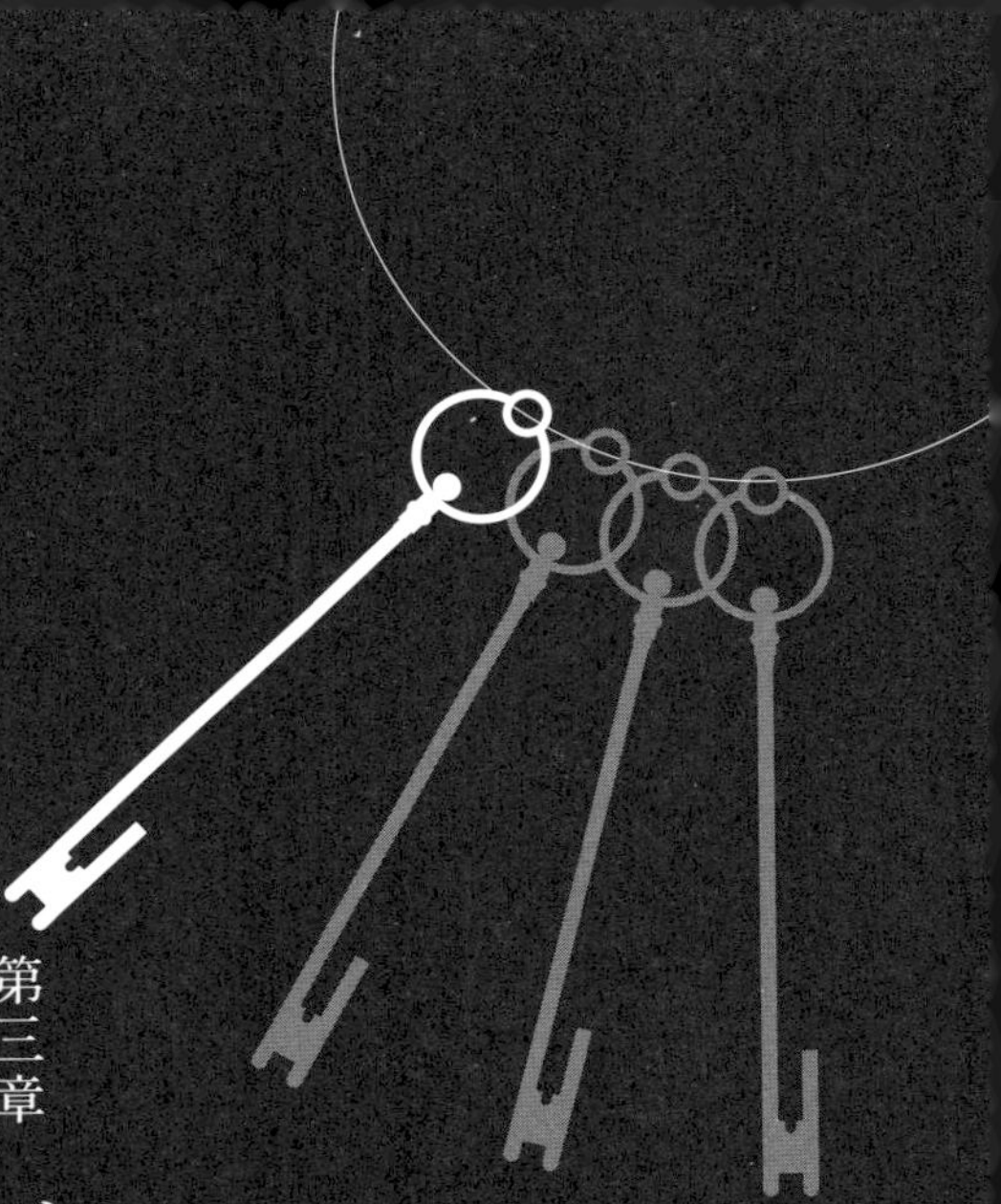

第三章　ダブルバインド

天美透《あまみとおる》と吉野麻美《よしのあさみ》に同時に去られたその晩。

桂木桂馬《かつらぎけいま》はずっと寡黙《かもく》だった。家に帰ってきてから、エルシィをまったく顧《かえり》みることなく黙々とゲームをやっている。

まず夕飯。

桂馬の母が所用で出かけているのでエルシィが作った。とりあえず無難なモノ。と、エルシィは信じている料理。

桂馬はちろっとその何やら蠢《うごめ》く（骸骨《がいこつ》の手みたいな）料理を眺めやったが、

「……」

いつもだったら文句をぶつぶつ言うところが、

「……」

何も言わず黙然《もくぜん》と口に運んで、合間にずっとＰＦＰを弄《いじ》っている。エルシィはたらっと汗をかいた。桂馬は無言。

エルシィも、

「……」

ご、ご飯の最中、ゲームは消化によくないですよ！

とか。

お話ししながら食べましょうよ！

とか、普段なら注意するところであるが、今日は手ひどい失態を犯したばかりなので強く桂馬を窘《とが》めることができなかった。

そのまま静かな夕餉《ゆうげ》が続く。桂馬はご飯を食べ終わると、

「ご馳走様《ちそう》」

とだけ呟《つぶや》いて、そのままリビングのソファに移動した。そこでまたゲームをやり出す。無言。威圧感のある無言。エルシィはオロオロした顔をしたまま、とりあえず食器を流しに運び始めた。ちらちらと桂馬の様子をうかがいながら皿を洗う。

桂馬、無言。

エルシィ、皿を洗い終え、手を拭《ふ》く。桂馬、無言。

「あ、あの神様……食後にフルーツでも剥《む》こうと思うのですが、何がいいですか？」

無言。

「え、えっと、リンゴとナシがあるんですけど？」

やっぱり無言。

エルシィは、

（う〜！）

と、泣きそうになるのを堪《こら》え、桂馬の隣に寄っていく。すとんと彼の隣に腰を下ろし、膝《ひざ》頭《がしら》を揃《そろ》え、そこに手を置き、

「え、えへへ」

と、愛想笑いを浮かべて、彼に肩を寄せようとする。

「か、神様、あの今日は、本当に、あの」

と、謝ろうとする。そのとたん。

「風呂、入る」

桂馬《けいま》はそれだけ言ってすくっと立ち上がった。そしてはわわ、と涙目になっているエルシィを置いてさっさとリビングから出て行ってしまった。


桂馬は湯船の中で防水仕様のPFPを弄《いじ》っている。エルシィはものすごく心配していたが。

実は怒っているわけではなかった。

ただ考え込んでいる。

今回の攻略。

微妙に違和感を感じるのである。

〝電波系〟天美透《あまみとおる》と〝二重性格〟吉野麻美《よしのあさみ》。何か。

何かまだ決定的な要素が抜け落ちている気がした。

実のところ今日、女の子たち二人が鉢合わせしたことはそんなに痛手には感じていない。それよりも当面の方針を決定することに、桂馬は脳みそをフル回転させていたのである。彼がよし、と頷《うなず》いて、湯船から上がろうとしたそのとき。

「あ、あの神様！」

と、がちゃっと風呂場の内扉が開いて、

「せ、せめてお背中流させてください！」

そう言ってエルシィが思いっきり覚悟を決めた顔で飛び込んできた。いつぞや、桂馬と出会ってすぐのときみたいに白い裸体に羽衣《はごろも》で作ったタオルのみを巻き付けて。

意外に豊満なボディライン。

それが危うく隠れているだけである。

桂馬はしばらく固まってから、

「わああああああああああああああ！」

と、声を上げた。


その後、なんとかエルシィを追い出し、桂馬は着替えて、頭痛を堪《こら》えるような表情でリビングにまた戻ってきた。

エルシィは同じくちゃんと元の服に戻っていたが、

「すいません～、神様、すいません～」

と、ぐしぐし顔を手で擦《こす》り、べそをかいていた。桂馬はその段にいたってようやくエルシィが自分のミスに落ち込んでいるらしいことに気がついた。

「……」

うっと詰まる。それから照れ隠しのようにちょっと赤くなってふいっと横を向きながら、

「そもそも、もう気にしていない！　そんなに大したミスじゃない、エルシィ」

「でも～でも～」

「……いいか？　エルシィ」

と、桂馬《けいま》は溜息《ためいき》をつきながら言う。

「お前は一体、何度、ボクの攻略を間近で見てきたんだ？　女の子に悪い印象を与えることもときには攻略の有効な手段になりえるんだよ」

「でも～でも～」

「怒らせたり、嫌われたりする先に女の子を落とすヒントがある」

「で、でも～でも～」

「マイナス点はな、エルシィ。ときにそのままプラス点に結びつくんだよ」

と、桂馬は言った。

「信念があればな」

彼はすっと立ち上がっただけである。立ち上がって、胸に手を置いただけだ。

でも。

「この女の子を何とかしてあげたい、必ず助けてあげたい、そういう信念があれば、な」

エルシィから見て、ちょうど逆光になった桂馬。その端整な顔に美しい、とさえ形容できる澄んだ表情が浮かぶ。

信念を持った男の表情だった。

それは本物の。

本物のスペシャリスト《ゲームの達人》の表情だった。

エルシィは、

「……」

自分でも意識せず、赤くなっていた。ぽや〜と。

「だ、だから」

しかし、桂馬はそんなエルシィの様子に気がついている様子もなく、

「気にしてない証拠にエルシィ、明日もお前に同じ任務を与える。いいか？」

「……」

「エルシィ！　聞いてるのか！」

「あ、は、はい」

と、エルシィは我に返った。慌てて返事をする。

「な、なんでしょう、神様!?」

桂馬《けいま》はまだちょっと頰《ほお》を赤らめたまま、

「ったく」

と、憮然《ぶぜん》とした表情で目を細め、

「いいか、エルシィ。明日からボクとお前は分かれて行動する。ボクは吉野麻美《よしのあさみ》を追う。お前は天美透《あまみとおる》を捜し出せ」

「え？」

「もちろん学校では一緒に行動するが、放課後はそちらのほうが効率がいいからな。ボクはまず学校の外と内で徹底的に吉野麻美と接する。そしてできれば、落とす。その間、お前は街を歩き回って天美透を捜し出せ」

「……あの、捜し出すって」

「捜し出してこの家まで連れてきてくれ。ソレができなければ連絡先を。場合によっては天美透をつけて彼女の家を調べる形でもいい。なんでもいいんだ。あの子の背景がわかる手がかりさえ何か見つかれば」

「手がかり……手がかりですか？」

「そうだ。お前には駆《か》け魂《たま》センサーがあるだろう？　それに天美透とは既《すで》に面識がある。ボクの妹という形で。向こうもお前に対しては今のところ悪い感情は抱《いだ》いていないはずだ。だから、一人で街を歩き回るんだ。徹底的に」

「あ、あの」

桂馬は頷《うなず》く。

「今回は二面作戦をとる。いわゆる同時攻略だ。だからお前が天美透とのコンタクトをとれ次第、ボクもそちらの攻略を並行して執《と》り行う」

「……」

「つまりそのルート……天美透ルートがうまくいくか否かはすべてお前にかかってるんだ、エルシィ」

と、桂馬は溜息《ためいき》混じりに言う。

また赤くなり、ぽりぽりと指先で頬を掻《か》いて、

「ボクはこれでもお前を信じているし、頼りにもしているんだ」

呟《つぶや》いた。

「それなりに」

ぼそっと。

「！」

エルシィの目が急に大きく見開かれる。彼女の。

その決して聡《さと》いとはいえない頭脳が桂馬の言葉の意味を咀嚼《そしゃく》する。

信じているし。

頼りにしている。

その意味。

その重み。

エルシィには。

充分すぎるくらい充分……。

「神様！」

と、彼女は立ち上がり、涙目で桂馬《けいま》に抱きついた。

「ありがとうございます！」

やっぱりこの人は神様だ、と思った。

「私、頑張ります！」

それに対して桂馬が言ったのは、

「わ、こら！　は、離せ！　ひっつくな！」

だけ、だった。

彼は先ほど以上に真っ赤になっていた。

そして一通り喜び終えて、桂馬から離れ、エルシィが尋ねたのが、

「でも」

頬《ほお》に指を当て不思議そうに、

「……あの、別に神様の作戦にケチをつけるわけじゃないんですけど、なんで一人ずつ攻略しないんですか？」

素直な疑問だった。

「……」

桂馬は黙っている。エルシィはさらに、

「そちらのほうが難しくないと思うのですけど」

それに対して桂馬はふっと笑って眼鏡《めがね》を指で押し上げた。

「まあ、確かにボクはルート決めうち派だが、同時攻略ができないわけじゃない」

そして小さな声でぼそぼそと。

〝最近はあまり見かけなくなったが、一昔前は酷《ひど》い場合十何人同時に攻略していかないと一人も攻略できない無茶苦茶《むちゃくちゃ》なバランスのゲームがあって……〟

とか、なんとか呟《つぶや》いていたが、くっと拳《こぶし》を握って、

「とにかくギャルゲーマーで、同時攻略を恐れる者などいない！」

その力強い言葉にエルシィも、

「は、はあ」

と、だけ頷《うなず》くしかなかった。何やら桂馬は燃えていた。

翌日、桂馬《けいま》とエルシィは学校でそれとなく吉野麻美《よしのあさみ》を観察していた。二人は顔を寄せ合い、クラスの後ろのほうの席でじっと本を読んでいる彼女を見ながら、

(間違いないか?)

ひそひそ。

(間違いないです……確かにあの人、駆《か》け魂《たま》が入っています)

と、エルシィが答える。エルシィの駆け魂センサーにドロドロと反応があったのだ。桂馬はじっと彼女を見てから、

「……そうか」

と、それだけ呟《つぶや》いた。

桂馬は何かまだ腑《ふ》に落ちないモノを感じていたが……。

とりあえずいったん心の中で留保《りゅうほ》をかけて、吉野麻美の情報を集めることにした。それにはエルシィが役に立ってくれた。

というよりクラスの中で浮いた存在である桂馬はまったく役に立たず、社交的で、男女問わず交流の輪が広がっているエルシィにしか、それができなかった、というのが正解である。なんにしてもエルシィは役に立ってくれた。

それとなく。

　というのは、残念ながら彼女の裏表のない腹芸《はらげい》のできない性格からにほかならなかったが、いろいろな角度からの吉野麻美情報が桂馬の元に集まってきたのである。

証言No.1
クラス一の事情通の女の子　仮名A・K

『えっちゃん、なんで吉野さんのこと気にしてるの？　え？　特に理由はない……ま、いいや。で、吉野さんのことだね。う～ん……と言っても実は私もよくわからないんだよね。あの人。いや、苛《いじ》められてるとか、嫌われてるとかじゃないよ？　でも、間《ま》が悪い人というかさ、前にクラスのみんなでダーツしに行ったことがあるんだよね。そ。クラス行事の打ち上げみたいなの。そのときにあはは……これ、えっちゃんに言うのもなんなんだけど、ずっと離れた場所にいてまったく参加しなかったのがキミのお兄さんなの。キミの、えっちゃんのお兄さん、桂馬君はいつも大体あの感じだよね？　ずっと……あれ、なにやってるのかな？　ゲーム？　とにかくいつもみたいにずっとゲームやってたんだけど、吉野さんはその当日、風邪引いて途中で早退しちゃって。だから、あんまり仲良くなれてないんだよね。未《いま》だに』

証言No.2
吉野麻美の隣の席の男の子　仮名E・K

『俺《おれ》？　ん？　サッカー部だよ！　これでもエースでストライカー。で、十六歳。彼女絶賛募……えっ？　それより吉野《よしの》さんのこと話してくれって？　あ、ははは、はいはい。わかりましたよ、エルシィちゃん。えっとね、隣の席の吉野さんね、はい……んっと、ねえ、俺が知ってる限りのあの子のことと言えば……そうそう。あの子ね、ああ見えてちょっと身体《からだ》弱いんだよねえ。俺、前にあの子、遊びに誘ったことあるんだ。ほら？　吉野さんって顔立ち見ると悪くないだろう？　結構、好みなんだよね、ああいう〝普通〟っぽい感じの子。で、さ。ほかの男の子たちも女の子も混じって、カラオケとか行ったんだよね。そしたらなんか気分が悪くなったみたいで、それで外でずっと休んでたっけ……ねえ。それよりさ、エルシィちゃん。今度、みんなでカラオケでも行かない？　え？　なに？……あ、ははは。まずお兄様の許可を取らないといけないって？　そ、そうですか……』

証言No.3
同じ茶道部の女の子　仮名T・Y

『なんにゃあ？　あさちんのこと？　あさちん、ねえ……あてくしもあさちんのことはよくわからんなり〜。〝普通〟だねえ〜。あ、でもでも、一つあてくし知ってるよ？　あさちんはねえ、乗り物酔いする子みたいい〜。この間、部活のみんなで遊園地行ったらぐるぐる回転系が気持ち悪かったみたいで、頑張ってたんだけど、結局、ベンチで休んでたなり〜。でも、あさちん、人の悪口絶対に言わないし、いっつでもお掃除とか、ゴミ捨てとか一人で黙々とやってるしい、いい子だと思うぴょ〜ん』

「三番」

と、桂馬《けいま》はお昼休み、集まってきた情報（エルシィが口頭で再現するのをノートに筆記したモノ）に改めて目を落として冷や汗をかく。

「……強烈だな」

それ以外はなかなかに興味深い話が多かった。

「なるほど……〝普通〟か」

それが校外……いや、私服に着替えたときから切り替わるのか。

桂馬は目を細め、昨日の饒舌《じょうぜつ》で生き生きとした表情の吉野麻美《あさみ》を思い出す。人好きのする印象があって活発な感じもして。

桂馬は沈思《ちんし》していく。

それが……。

なぜ、校内だとこうなるのか。

「……」

「と、それでですね」

と、桂馬《けいま》の机に自分の机を寄せて一緒にお弁当を食べていたエルシィが、そっと辺りを憚《はばか》るような口調で顔を近づけてきた。

「これはちょっとまだ未確認な話なのですけど……」

「？」

桂馬は不思議そうに、

「なんだ？」

と、促《うなが》す。エルシィはもじもじしてから、

「これ、私も信じられないですけど」

「だから、なんだ」

「……あ～！　変ですよ！　ないことだと思うんですけど」

「えるしいい～」

「あ、はいはい。だからですねえ……えっと」

エルシィはそれでもまだ言い淀《よど》んでいたが、桂馬がじろっと冷たい目で睨《にら》んできたので慌てたように手をぱたぱたさせて、

「え、えっと……これ、三番の人が言ってたんですけど、もしかしたら吉野《よしの》さん、好きな人がいるんじゃないかって」

「ほう」

と、桂馬はさして慌てず、騒がず、冷静にソレを受け止めた。

可能性は。

低いけど、ないことではないと思っていた。〝二重性格〟の引き金が、誰かへの恋心だったという可能性も。

「えっと」

と、エルシィが何か付け加えるのを緑茶を飲みながら、静かに考え事をして待った。

「神様のことを好きなんじゃないかって」

「ぶは！」

桂馬が咽《む》せた。盛大にお茶を噴《ふ》いた。

「は？　な、なに？　なんだって？」

口元を拭《ぬぐ》いながら桂馬は慌ててエルシィに向き直った。

「ほ、本当なのか？　なんだ、それは？」

「さ、さあ？」

エルシィも曖昧《あいまい》に笑いながら、

「へ、変ですよね？」

「変だ！」

と、断言する桂馬。エルシィも不思議そうに、

「そ～ですよねえ。攻略している最中ならともかく、神様、まだ何《なん》にもしてないのに……」

と、二人とも桂馬《けいま》が何もしていない状態から女の子に好意を持たれる、という可能性をほとんど除外している。

「私もその人から聞いただけですから……でも」

と、エルシィは声を潜《ひそ》め、まるで怪談話でもするみたいな怖い口調で、

「あの、その人によると」

ごくっと唾《つば》を飲み込む桂馬。エルシィが告げる。

「吉野麻美《よしのあさみ》さん、よく神様のことをじっと見つめてるとか……」

その言葉に桂馬とそれからエルシィ自身がはっとなって背後を振り返る。

すると。

どうだろう……。

「！」

ものすごく驚いた表情の吉野麻美と思いっきり目が合った。なんだかずっとこちらを観察していたような……。

そんな吉野麻美の態度。

「……」

「……」

桂馬とエルシィが呆然《ぼうぜん》と彼女を見ていると、

「!!」

急に慌てたように顔を伏せ、読書に集中しているふりをし出した。これまた珍しいことに首筋まで真っ赤になっている。

桂馬も。

「……」

それからエルシィも。

「……」

愕然《がくぜん》としていた。やがて二人は声を揃《そろ》えて言った。

「まさか」

「ですよねえ?」

それだけ信じられないことだった。

桂木《かつらぎ》桂馬は考える。情報を整理する。

(〝普通〟という評価……身体《からだ》が弱い？　誰も特に親しいニンゲンがいない。奇妙な程に一致する周囲の評価。〝普通〟で〝普通〟でまた〝普通〟か……)

そして幾《いく》つかの仮説を放課後までに導き出す。ちなみに彼は授業中、ずっとゲームをやりな

がら考え事をしているのだが、

「桂木《かつらぎ》！　か〜つうらああぎいい〜〜！」

と、真横に教師が立って注意してもまったく意に介さなかった。

「かつらぎかつらぎかつらぎいい〜〜〜！」

相手が烈火の如《ごと》く怒り、歯ぎしりしても無視。

ゲームをやりながら頬杖《ほおづえ》を突き、

「……」

ぷいっと反対側を向いてしまう。最終的には、

「うう、桂木……うう、桂木、桂木くう〜ん」

と、声を枯らした教師が諦《あきら》めてとぼとぼ去っていくまで完璧《かんぺき》に無反応だった。そして。

それを後ろの席から吉野麻美《よしのあさみ》がじっと見つめていた……。

その視線に桂馬《けいま》が気がついているかどうかは定かではない。


放課後。

桂馬は昇降口のところでエルシィと別れた。

「じゃあ、エルシィ、頼んだぞ?」

そう改めて念を押すとエルシィは晴れやかな笑顔で敬礼してみせる。

「任せてください！　必ずや神様のご期待に応《こた》えてみせます！」

よほど桂馬から信任を得たことが嬉《うれ》しいのだろう。

彼女はすてててっと身軽に外へ駆けだしていった。これから先日の打ち合わせどおり、天《あま》美透《みとおる》を捜しに街へ出るのだ。

「ふう」

と、桂馬はその後ろ姿を見送ってから軽く溜息《ためいき》をついた。彼には彼でやることがあるのだ。

まず吉野麻美と二人っきりで話さなくてはならない。


桂馬はしばし待つことにした……。


夕暮れ時。そろそろ部活を終えた生徒たちが帰宅する時間である。昇降口のところは授業が終わったときほどではないが、それなりに人で賑《にぎ》わっていた。

着替えがあったり、遅くまで練習している体育会系の連中より、比較的、時間どおりに活動を終える文化系の生徒たちが多い。

その中を、

「……」

吉野麻美はもくもくと通り抜け、自分の下駄箱で上履きから外履きに履き替え、

「……」

校舎の外に出た。

そこへ。

「やあ」

と、声をかけてきた少年がいた。

吉野麻美《よしのあさみ》はびくっとして顔を上げる。

そこに立っていたのは、

「偶然。ボクもこれから帰るところなんだけど、また一緒していいかい？」

桂木桂馬《かつらぎけいま》だった。

「……」

ほんの一瞬、吉野麻美は黙り込んだ。

それから、

「うん」

にこりと微笑《ほほえ》む。

「いいよ」

その一瞬の間《ま》は何かの躊躇《ちゅうちょ》だったのか。

それともただ意表を突かれて言葉を失っただけか。

それと。

ほんの少しだけ頬《ほお》が赤くなったように見えたのは気のせいか。あるいは真っ赤に辺りの景色を染め始めた夕日のせいか。


桂馬は今日、あえて学校では麻美とコンタクトをとらなかったのである。そして意図して昨日と同じシチュエーション。

つまり二人で下校する、という場面を選んだ。

理由は二つある。

一つは昨日と同じ行動パターンをとって、吉野麻美の反応をより対照的に比較したいという考え。昨日と今日で何か変化が起きているか見極めるためだ。だから、下校するコースも、二人の距離や並び方も昨日とまったく同じにした。

唯一違うのは今日、茶道部の部活があったため（桂馬はそこら辺はきちんと下調べしてある）吉野麻美の帰宅時間が若干《じゃっかん》、遅くなっているところだけだ。

もう一つ、これはロジカルな桂馬にしては珍しく直感的な理由。なんとなく二人っきりになるにしても学校内は避けたほうがいい気がしたのだ。

それは。

ふとそう思っただけで……。

いや、違う。

彼は心の中で己《おのれ》に対して首を振った。自分自身を偽《いつわ》らないことにした。それは自分がそうしたかったからで。

なぜなら……。

「……桂木《かつらぎ》君は、これからどこかに行くの？」

「ん？」

と、桂馬《けいま》は平静を装《よそお》うのに若干《じゃっかん》、苦労しながら、

「ちょっとね。こっちの先に用事ができて。これからしばらくはこの道で帰る」

「ふ～ん」

と、吉野麻美《よしのあさみ》はそれ以上、特に詮索《せんさく》することもなく頷《うなず》いた。また真っすぐに前に向き直る。

微笑《ほほえ》んでいるけど。

何を考えているのかイマイチよくわからない表情。桂馬はごくっと唾《つば》を飲み込んだ。

やりにくい。

〝吉野麻美は桂木桂馬に好意があるのかもしれない〟というエルシィ情報が予想以上に彼を縛っていた。

だから、調子をくるわせないために、あえてほかの生徒の邪魔ができるだけ入らない下校時を選んだのである。

桂馬はときおり、相手の反応を引き出すような質問を投げかける。それに対して吉野麻美は丁寧《ていねい》に答えた。

「……そうだね。部活は面白いよ」

とか、

「そういえば現代文、もうじきテストだね。私は読解苦手だからちょっと憂鬱《ゆううつ》かな」

とか、

「今度、またクラスのみんなで遊びに行く計画があるんだってね？　うちのクラスは仲良いよね。楽しみ……桂木君は行くの？」

とか、そんな当たり障《さわ》りのない返事しか吉野麻美からは戻ってこない。まるで何かのマニュアルでも読んでいるかのようだった。

桂馬は内心、溜息《ためいき》をついている。

最後の質問に対して、

「いや、行かないよ」

と、桂馬はあっさり答えた。

「行くわけがない」

ふとそのときである。今まで本当に〝普通〟の対応しかしてこなかった吉野麻美が急に何か気になることができたみたいに桂馬のほうを振り返った。

桂馬《けいま》は、

「？」

こちらも怪訝《けげん》そうな表情になって吉野麻美《よしのあさみ》を見返す。

すると、

「！」

吉野麻美の〝平均的対応〟はそのとき、初めて崩れる。

「な、なんでもない」

赤くなった。そして、

「じゃ、じゃあ、ここで……私、私の家、だから！」

そう言って折よくさしかかった自分の家の玄関へ向かってそそくさと去っていく。桂馬はちょっと呆気《あっけ》にとられていた。

なんだったたんだ、一体？

まさか、本当に……。

もともとボクに気があるのか？

桂馬は混乱する。

彼の混乱はそれからさらに拍車がかかった。彼が吉野麻美の家から離れ、エルシィと合流するべく歩き出してしばらくすると、

『桂木君《かつらぎくん》！　私！　ねえ、今からまた家出るからやっぱりちょっと遊ばない？　話し足りないことがあるんだ！』

と、吉野麻美からＰＦＰにメール（昨日のうちに桂馬側から自分のアドレスを知らせるメールは送っておいた）が入ったのである。

桂馬としては是非《ぜひ》もなかった。

現れた吉野麻美はまた実に可愛《かわい》らしい服装をしていた。

ピンク色のミニのスカートにブラウス。女の子らしい、フェミニンな格好をしている。先ほど制服を着ていたときと異なり、躍動《やくどう》的な表情が浮かんでいるため、実に魅力的な女の子に変貌《へんぼう》を遂げていた。

そんな吉野麻美が桂馬との待ち合わせ場所にやってくると、

「さ、遊ぼうよ、桂木君！」

と、彼の腕を取って歩き出した。

華やかに。

賑《にぎ》やかに彼女は笑っていた。

そして桂馬《けいま》は彼女と近くのゲームセンターで遊んだ。吉野麻美《よしのあさみ》が、

「桂木《かつらぎ》君、ゲーム全般得意なんでしょ？　腕前みせてよ！」

そう言って自《みずか》ら率先していろいろなゲームをやっていく。桂馬はリズムゲームと体感ゲームでは後《おく》れを取ったが、パズルゲームとクイズゲームでは圧倒的な力の差を見せつける。吉野麻美は手を打って喜んだ。

「すごい！　桂木君、すごい！」

そんな感じだった。

さらに吉野麻美の発案で軽くファストフードでお茶をした。その間、桂馬は可能な限り、彼女の本質を探ろうとしたが、驚いたことに、

「ねえねえ、桂木君って休日、何やってるの？」

とか、

「妹さんとどっか出かけたりする？」

とか、

「美少女ゲーム好きって言ってたけど、どんなジャンルが好きなの？　や、やっぱりちょっとえっちなの？」

とか、少し頬《ほお》を赤らめ、まるでマシンガンのように質問を投げかけてきた。桂馬は大いに戸《と》

惑《まど》った。彼はこれまで攻略過程で、ここまで露骨《ろこつ》に桂馬自身に興味を持たれたことはなかった。

桂馬が吉野麻美のことを知ろうとしている、それは当然である。

だから呼び出しにも応じて、こうして話している。

近づこうとしている。

心の距離を測ろうとしているのだが。

「でも、人が嫌いなわけじゃないんだよね？　だってだって、私とはこんなにいっぱい話してくれるもんね？」

とか、

「桂木君、あのさ、たとえば今、私と話してるとき、どんなこと考えているの？」

吉野麻美が目いっぱい、桂馬を知ろうとしていた。

吉野麻美は真剣だった。

「あの、ね」

と、彼女は少し言い淀《よど》みながらもはっきりと目を向けてきた。

「あの、ね。聞いちゃうよ？　気を悪くさせたらごめんね。あの、この前、私と桂木君が話しているときに来たあの女の子一体なんなの？」

「……」

「桂木君が付き合ってる……いや、ごめんね。こんなこと、私が聞くことでもないんだけど

「……知りたいんだ。あの子、桂木《かつらぎ》君のなんなの？」

「……」

なんなんだ？

と、桂馬《けいま》は思っていた。

学校の中と外とのこの差。

いや、制服を着ているときと着ていないときのこの違い。

「あの子は」

桂馬は、それだけは、はっきりと答えた。

「なんでもない。ただの友達」

ただ。

目に意志の力を込める。

その意図をくみ取ったのか吉野麻美《よしのあさみ》が笑った。

「そっか」

彼女はストローでコーラをすすって、ただ笑った。

「なら、いいんだ」

それ以上は追及してこなかった。まるで意中の人に恋人がいないことがわかって安心した少女のように、

「へへ」

と、照れくさそうに、

「よかった」

普通の男だったらここで結論を出していただろう。まず学校にいたときの吉野麻美。桂馬のことをじっと見つめていた。吉野麻美の友人が気がつくほどに彼女はよく桂馬に視線を向けているらしい。桂馬は気がつかなかったが。

でも、一番初めに彼女に駆《か》け魂《たま》が入っていると知って彼女を追いかけたときから、吉野麻美は一貫して桂馬に好意的と言ってもいい態度（あくまでほかの女子と比較してだが）を示してきた。そして今日も桂馬と帰宅している途中、顔を赤らめたり、彼の動向を知りたがったりした。

私服のときの吉野麻美。これはもう疑いようがないくらいはっきりと、桂馬に対して明確な関心を見せている。彼と遊びたがり、彼のことを知ろうとしている。

普通だったら、これは。

そう。

吉野麻美は桂木桂馬に対して男女の好意を持っている。

と、そう結論づけてもいいだろう。

でも。

桂馬《けいま》は違った。
桂馬は自分の中でナニかが不協和音を奏《かな》でていることを感じていた。
おかしい。
ナニか違う。
変だ。
おかしい。
違う。

でも。
それがわからない。

その日、吉野麻美《よしのあさみ》と別れた後も桂馬は深く思い悩んでいた。ナニか違う。
おかしい。

『吉野麻美』攻略ルート。
大いに暗雲が垂れ込めていた。

さらに厄介《やっかい》なことに、かなり夜遅くなってから帰宅したエルシィがしょんぼりと告げた。

「神様あ〜、ごめんなさい」

彼女は泣きそうな表情で、

「天美透《あまみとおる》さん、どうしても街で見つかりませんでした！　思いっきり捜査範囲を広げたんですけど……その」

と、言い淀《よど》んでから、

「まるでどこかに消えてしまったかのように」

「……」

桂馬はただ思っていた。

そちらのルートも手詰まり感が出始めたな、と。


『天美透』攻略ルート。

見えない壁が立ちはだかっているようだった。

翌日から桂馬は学校の中と外で吉野麻美と積極的に話す、ということをし続けた。エルシィは放課後、天美透を街で捜し回る、という作業を続行。

だけど。

どちらもなんの成果も上げられなかった。

桂馬《けいま》は吉野麻美《よしのあさみ》と話す度《たび》に言いしれぬ困惑を味わった。

エルシィの天美透《あまみとおる》捜索はまったく進展を見せなかった。

二人は次第に消耗していった。

疲れていった。

桂馬は主に精神的な疲労。

エルシィはどこを歩いても天美透を見つけられない肉体的な疲労。

二人は。

家に帰ると、ぐったりと互いにどちらともなく背中合わせになるように座って、

「神様あ、両方なんの手かがりもないって辛《つら》いですねえ？」

「……」

「せめてどっちらかが、どちらでもいいから、ちょっとでも明るい材料があるといいんですけどねえ」

「……」

桂馬はじっと黙っている。

黙って何かを耐え忍んでいた。

しかし、ブレイクスルーはある日突然、起きる。

その日。休日。

朝から雨が降り続けていた。桂馬とエルシィは傘《かさ》をさして街を歩き回っていた。普段はどちらかというと吉野麻美の攻略に重点を置いている桂馬も、学校がないのでエルシィに付き合って天美透捜しに参加していた。

二人とも足取りは重く、口数は実に少なかった。

普段、陽気なエルシィも陰鬱《いんうつ》な雨のせいもあるのだろうが物憂《う》げな口調で、

「ここのところずっとこうやって駆《か》け魂《たま》センサーを使ってるんですけど、なんの反応もなくって」

と、ドクロの形をした髪留めに手を置いた。

「本当に透さんは一体どこに」

そう彼女が溜息《ためいき》混じりに呟《つぶや》いたそのとたん。

ドロドロドロドロドロドロ。

ものすごい反応があった。

桂馬とエルシィは思わず互いに顔を見つめ合った。

それから、

「こっちです！」

と、弾《はじ》かれたようにエルシィが身を翻《ひるがえ》す。桂馬《けいま》もその後を追って駆け出した。二人は路地を二回、三回と曲がって大通りに飛び出た。

エルシィが弾《はず》む息で、

「間違いないです、これは天美透《あまみとおる》さん」

と、そちらのほうを指さしかけて、

「！」

絶句。桂馬も息を荒らげながらそちらのほうを見て、

「？」

目をぱちくりさせた。そこには。

「……なんでしょう？　車？」

超大型の黒塗りリムジンが止まっていた。運転手と思《おぼ》しき制服を着た男が恭《うやうや》しく後部座席のドアを開けていて、そこに向かっていかにもお金持ちふうのマダムが歩道を横切っている。

でも、エルシィの駆《か》け魂《たま》センサーに反応したのはもちろんその高価なブランド服と華美な宝石で身を装《よそお》った細身の中年女性ではなくて……。

「あれ？　本当に、え？」

と、エルシィが目を擦《こす》っている。桂馬は、

「……」

無言だった。その中年女性に続いて目の前のビルから出てきた一人の少女。

それが……。

「本当に……透さん？」

天美透だった。

最初、桂馬もエルシィも彼女が彼女だと認識できなかった。天美透はまったく違っていた。

まず何より装いが違っていた。

桂馬たちと何度か出会ったときの奔放《ほんぽう》なふわふわした衣服ではなく。

きっちりとしたジャケットを身につけている。

特徴のある豊かな亜麻色《あまいろ》の髪は一分《いちぶ》の乱れもなくセットされ、靴《くつ》はぴかぴか光っている黒のエナメル。

まごうことなき上流階級のお嬢様といった風情《ふぜい》だった。

ただ首から提《さ》げている十字架のペンダントだけが同じだった。正直なところ、駆け魂センサーによる反応とそのペンダントの存在がなければ、桂馬もエルシィもビルから出てきたその少女を天美透と断定しきれなかったかもしれない。

それほど天美透は、まったく印象が異なっていた。

違っていたのは何も着ている衣服だけではない。彼女の浮かべている表情もまた、桂馬たちが知っている天美透のものではなかった。

あの変わった夢物語のようなことを喋《しゃべ》って、生き生きとしていた美しい少女はどこかに霧《む》散《さん》していて、ただ生真面目《きまじめ》な、思い詰めたような、能面のような顔をした女の子が桂馬《けいま》たちの前をゆっくりと歩いていた。〝導きの星を探しているんだよ！〟と誇らしげに語ったきらきらした瞳《ひとみ》はぽっかりと黒い光を浮かべていた。

生気に満ちた天使がかき消え。

代わりに生硬《せいこう》な人形が立ち現れている。

そんなふうに見えた。

さらに。

「え？　な、なんでしょう、あれ？」

「……」

桂馬は掠《かす》れた声で告げた。

「たぶん」

と、彼のほうが結論を出すのが早かった。

「……駆《か》け魂《たま》の影響だ」

今までに姿が見えなくなるアイドルや、二人に分裂してしまった女武道家などを見てきた。

だからこそ、桂馬もすぐに判断を下せたのだが。

天美透《あまみとおる》には異常が現れていた。

彼女が中年女性の後に従って車のほうに歩いていくにつれて、天美透の身体《からだ》から黒い靄《もや》のようなモノが噴《ふ》き出し、彼女の身体を絶《た》え間《ま》なく覆《おお》い始めたのだ。

そして言葉を失っている桂馬とエルシィの前で、

「さ！　透ちゃん！　家に帰ったらちゃんとピアノの先生とフランス語の先生の言うことを聞くんですよ？　今まで遅れたぶんはちゃんと取り戻して頂戴《ちょうだい》ね？」

と、きんきんした声で笑う中年女性と、

「……はい」

と、無味乾燥《むみかんそう》な声で返事をする天美透は、リムジンの後部座席に乗り込んでいった。やがてリムジンの運転手がささっと扉を閉めると自《みずか》らは運転席に戻り、車を発進させた。去っていくまで桂馬もエルシィも動くことができなかった。

どうしていいか。

二人ともまったくわからなかったのだ。そして最後まで天美透のほうもこちらの存在に気がつくことはなかった。


やがて。

「か、神様……」

と、呪縛《じゅばく》から解き放たれたようにエルシィが尋ねてきた。

「ど、どうしましょう?」

だが、桂馬《けいま》は立ち尽くしている。彼の目は宙の一点をじっと見つめていた。エルシィは溜息《ためいき》をついて、

「なんか」

痛々しそうな表情で、

「まるで透《とおる》さんじゃないみたいだった。同じ人なのにまったく別人みたいに……そう見えませんでしたか、神様?」

「エルシィ」

と、そのとき、桂馬がぎっと動き出した。彼の声がほんの微《かす》かな、微かな熱を帯びる。ほんのわずかだが確かに震えていた。エルシィの一言で今とてつもない閃《ひらめ》きを得ている。だけど、エルシィ自身はそのことにまったく気がついていない。

「は、はい、なんでしょう?」

と、普通に答えた。

桂馬は質問をした。

極めて重要な質問を。

すべての状況を覆《くつがえ》す可能性がある一言を。

「エルシィ、アレは間違いなく天美透《あまみ》だったか?　本当に間違いなかったか?」

「は、はい」

エルシィはちょっと反応に戸惑ったが、

「間違いないです。私の駆《か》け魂《たま》センサーでは間違いなく天美透《あまみとおる》さんの反応が出ていました」

「そうか」

その瞬間。


(まったく同じ人物なのに別人みたいに～ならばその逆は？　まったく別の人間が～なぜ吉野《よしの》麻美《あさみ》は〝普通〟～ボクに好意を抱《いだ》いている可能性～その理由～病弱～なぜ、異なるのか？　放課後と学校の中。エルシィの存在は～ボクが見てきたこと～〝電波系〟の理由～探し物の理由～天美透が現れなかった理由～なぜ、ボクを助けた後に消えたのか～吉野麻美～天美透～吉野麻美～天美透～吉野、天美。その二つを繋《つな》ぐ共通点とその違い～そして)


(すべての解答)

桂馬《けいま》はすさまじい思考の跳躍。

ふっと微笑《ほほえ》む。眼鏡《めがね》を指で押し上げ、呟《つぶや》いた。

いつもの決めの台詞《せりふ》を。

「エルシィ」

まるで何事もないかのように。

「エンディングが見えたぞ」

さらりと。

エルシィはただ呆気《あっけ》にとられて桂馬を見ているしかなかった。

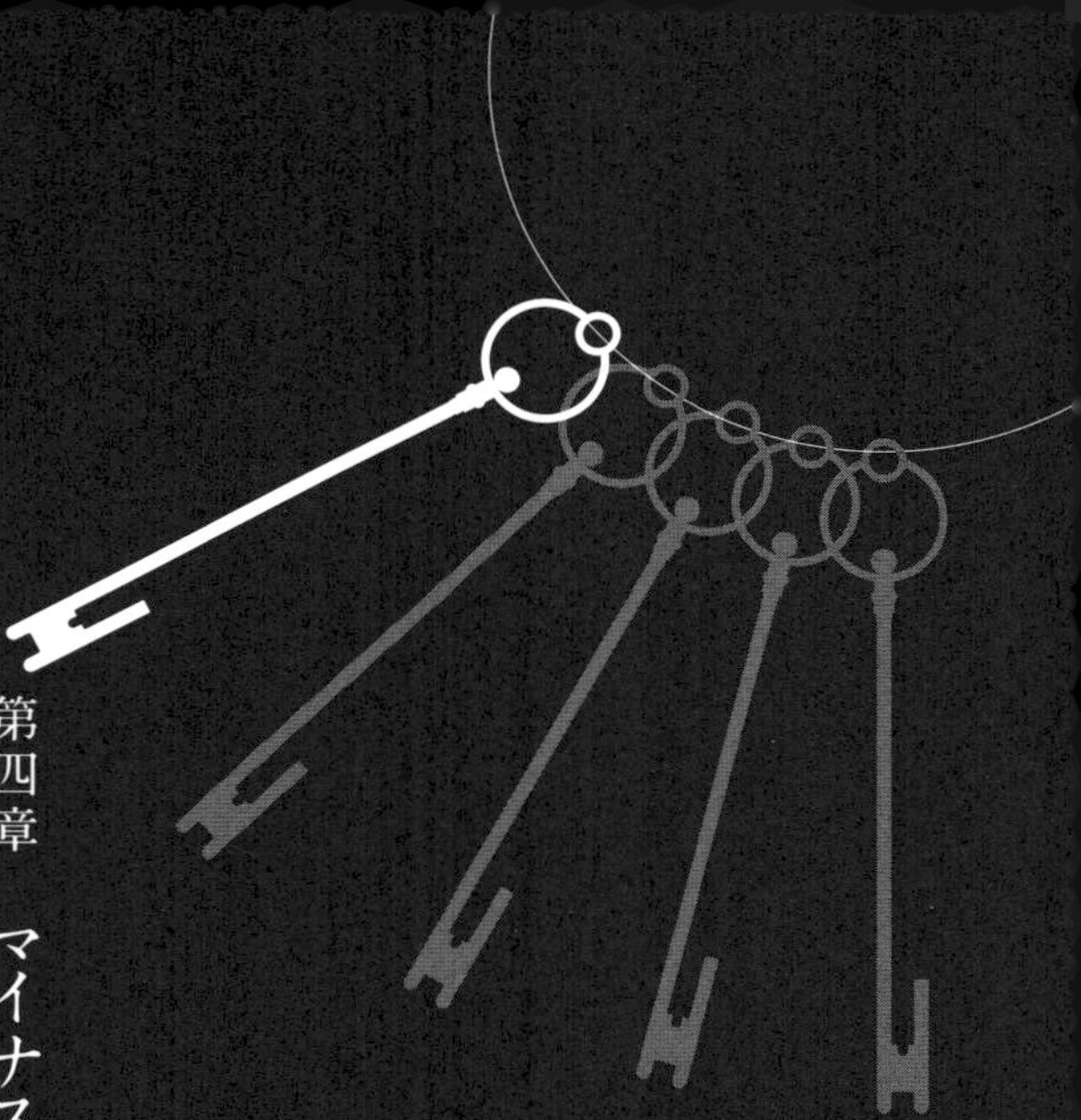

第四章　マイナスの世界

桂木桂馬《かつらぎけいま》が先導する。少女はちょっと不安そうな様子だったが、それを押し隠すようにあえておどけたような口調で、

「ね、ねえ、桂木君！　一体、どこまで私を連れていくのかな？　い、言っておくけど大胆なことしたら拒否るからね！　拒否らせてもらうからね！　そういうのはちゃんと順番を守ってやってくれないと」

「……」

桂馬が突然、くるっと振り返った。

澄んだ理性的な眼差《まなざ》しが少女を射抜いた。少女はたじろいだ。辺りを見回す。ちょっと通りから離れた神社の境内。

ほかに人はいない。

いや、いた。

大木の陰からそっとこちらの様子をうかがうように現れたのは……。

(だ、だれ？)

と、少女はうろたえた。そこから現れたのはドクロの形をした髪留めを頭に飾っている女の子だった。

桂木桂馬がその女の子に向かって問いかけた。

どうやら二人は旧知の仲のようだった。

「エルシィ、どうだ？」

エルシィと呼びかけられた女の子は首を振った。

「違います」

「……ということは」

「入っていません。この人には駆け魂が入っていないんです」

桂木桂馬が大きく溜息《ためいき》をついた。

「やっぱりそういうことか。考えてみれば……というか気づいて当然のことだったんだ。ただボクは駆け魂が入っている少女はどこかに必ず問題を抱えている、とそう先入観を持っていたからまったく何も問題のない少女を見て、そこに問題を逆に見出だしてしまっていたんだ。蓋《ふた》を開けてみれば二重性格でもなんでもない」

肩をすくめ、

「我ながら甘い！　いや、というか」

苦笑する。

「エルシィ、最初からお前を放課後、ボクと一緒に連れてきていれば一発だったんだな。こんなバカげたトリックに思い悩むこともなかったんだ……まあ、お前を天美透《あまみとおる》専属にしたのはお前が唯一、駆《か》け魂《たま》を感知できるからだったんだけど」

溜息。

「今回はそれが裏目に出たな」

「そうですね……というか」

エルシィという女の子がマジマジと少女のことを見つめてきた。

「本当にそっくりですねぇ・・・・・・・・・・・」

少女はうろたえた。

焦《あせ》った。

桂木桂馬《かつらぎけいま》とエルシィという女の子がわけのわからない、意味不明な話ばかりしている。つい昨日まで〝なんか桂木君、悪い男の子じゃないかも。だったら私の役目ももう終わりかな?〟とか好意的に考えていたのが、霧散《むさん》して、

「な、なによ!? 桂木君、なんのつもり!? 一体どういうこと!?」

根源的な、恐怖に近い感情を覚える。

なんなんだろう?

桂木君って。

なんなんだろう?

桂馬はちらっと少女を見つめた。

「ふう……〝どういうつもり〟はむしろこっちの台詞《せりふ》なんだけどね? まあ、いいや。ボクには大体、君がなんでこんなことしたのかもわかっているから。だから、もう白状しちゃって

くれ。君は吉野麻美《よしのあさみ》なんかじゃない」

「！」

少女は目を剥《む》いた。桂馬はすっと彼女に向かって指を突きつけた。

「……君は」

一言、言い放つ。

「吉野郁美《いくみ》。妹なんだろう？　双子の」

少女は。

吉野麻美の双子の妹、吉野郁美は愕然《がくぜん》と立ち尽くした。


混乱。

困ってオロオロと周囲を見回す。エルシィという女の子がじっと興味深そうにこちらを見ている。吉野麻美。

を、偽《いつわ》っていた吉野郁美は桂馬の冷たく澄んだ視線をしばらく受けていたが、

「え、えっと、あの」

まず何より気になった質問をした。

「一個だけ……なんで私の名前を知ってるの？」

正体がばれた後ふてぶてしく居直るわけでも、桂馬の指摘を嘲弄《ちょうろう》するわけでもなく、素直

に、ごく単純にうろたえている。

そこら辺に吉野郁美《よしのいくみ》のある意味での人のよさ、というか底の浅さが出ていた。

桂馬《けいま》は溜息《ためいき》をついた。

「簡単。今日、学校で君のお姉さん、吉野麻美《あさみ》に一つの質問をして、一つのお願いをした」

「え？」

「それは〝君には双子の妹がいるだろう？〟という質問。そして〝ボクがこのことを聞いたことを今日、家に帰っても妹さんにすべて話さないでくれ。ただしほかのことはいつものように全部、話してもいいから〟」

吉野郁美は目を白黒させていた。桂馬は話し続ける。

「吉野麻美……君のお姉さんは両方にYES《イエス》と答えてくれたよ。かなり不思議がっていたけどね。君みたいに。なんで別の学校に通っている双子の妹の存在を知ってるのかって。誰にも喋《しゃべ》ったことがないのにね」

で、と桂馬は付け加える。

「だからこそなんだろう？　君は吉野麻美から……姉から聞いていた。学校の誰にも君の存在を話したことはないのだと。だから、当然、ボクは君の存在を知らない。だから、君はボクを謀《はか》ろうとした。吉野麻美を……姉を騙《かた》ってボクのことを知ろうとしたんだ。違うかい？　もっとボクのことを自分の目で確かめるためにね」

「あ、う」

吉野郁美は呆然としていた。

「あの、さ。いつ、なんで気がついたの？」

ぽかんと、

「週末まで全然、そんな素振《そぶ》り見せなかったのに」

桂馬はふっと自嘲《じちょう》的に笑った。

「いや、偶然……君に言ってもわからないきっかけだよ。ただ一人の女の子が違うふうに、まるで別人のように見えたのなら、まったく逆。二人の女の子が条件によっては同一人物に見える可能性もあるんじゃないかって、そう思ってね」

桂馬はちらっとエルシィを見る。

エルシィはなぜかえっへんと得意そうに威張っていた。桂馬はどこか優しい目でそんなエルシィを見つめている。

「……」

しばらく黙っていた吉野郁美がはは、と乾いた声で笑った。

「すごいね」

と、心の底から感嘆したように言う。

「昔から本気でやればお母さんだって騙《だま》されるのに。よく見破ったね」

桂馬《けいま》はあっさりと、

「……だけど、君はあいにくその本気を出していなかった」

そう指摘する。吉野郁美《よしのいくみ》はシドロモドロになった。

「う、そ、それは……」

「恐らく」

と、桂馬は指で眼鏡《めがね》を押し上げ、沈着とした声で喋《しゃべ》り出した。

「恐らく、君は君の言うとおり本気でやれば、姉とまったく同じように振る舞うことができるんだろうね。あの〝普通〟の性格もほぼ完璧《かんぺき》に演じ切れるのだろう？　でも、ボクの前ではあえて素《す》の自分をさらけ出した。君の目的がボクのことをからかったり、悪戯《いたずら》するためじゃなかったから。ボクのことを知るのが目的だったから、あえて、ね」

吉野郁美の瞳《ひとみ》に恐怖に近い色が浮かぶ。

桂木《かつらぎ》桂馬の。

目の前の端整な顔立ちをした少年の指摘がほぼすべて事実だったから。

桂馬はふっと苦笑した。

「……もっとも君がまったく本気を出さなくても、ボクは充分騙《だま》されていたよ。というか、双子の入れ替えなんて初歩の初歩なんだけど」

彼は軽く舌打ちした。

「二つの攻略が重なったから……ボクは勝手に先入観を抱《いだ》いてしまったんだ。甘い」

と、自《みずか》らへの戒《いまし》めを繰り返す。

「だが、まあ、逆にそれゆえ、君という存在からこういうふうに解決の糸口が手に入るんだ。その結果は素直に喜ぼう」

桂馬はすっと切れ長の瞳《ひとみ》を吉野郁美に向けた。

「語ってくれるね？　お姉さんが抱えている悩みのことを？　吉野郁美さん。君はだからこそボクに近づいてきたんだろう？　ボクなら」

と、桂馬は自信に満ちた態度で告げた。

「ボクなら君のお姉さんを助けてあげられる。ボクならそれができるんだ」

吉野郁美は畏怖《いふ》するように叫んだ。

「どこまで！」

声を張り上げた。

「どこまでわかってるの、桂木君は!?」

それには特異的な洞察力を持った少年に対するごく普通の少女の怯《おび》えが込められていた。桂馬は一瞬、目を丸くしたがすぐに、

「……どこまで？」

ふっと不敵に笑った。

「すべて！　すべて！　すべてだよ！　吉野郁美《よしのいくみ》。すべてだ！」

手を振るった。断言した。

まったく躊躇《ちゆうちよ》がなかった。エルシィが大いに力強く頷《うなず》いている。腕を組んで、

「う〜ん、さすがです」

「……」

吉野郁美はそんな桂馬《けいま》とエルシィを交互に見た。その顔には明らかに恐怖の色が浮かんでいたが、

「す、すべてって……」

擦《かす》れ声で言う。

「そ、そんなの」

ようやく言葉を見つけた。

「そんな神様じゃないんだから！」

すると、

「……」

急に桂馬が真面目《まじめ》な顔になった。彼のちょっと脇を見て独りごちるように、

「そうだな……この攻略が始まってから面と向かって〝神様〟呼ばわりされるのはこれで二度目だが」

彼はすっとまた吉野郁美に目を向けた。

「ボクは確かに」

反論の余地さえ与えない圧倒的な、苛烈《かれつ》と表現してもいい瞳《ひとみ》。

「神だ！　落《お》とし神《がみ》なんだ！」

比喩《ひゆ》ではなく、その眼力《がんりき》に気圧《けお》されて吉野郁美がよろめいた。呻《うめ》いた。エルシィがつくづく感心したように、

「いや、これが本当なのですよ？　神様は神様なのです！」

「……」

吉野郁美は唖然《あぜん》としていた。頭の中の何かの回路が確かに焼き切れたようだった。漂白された思考（実はそれこそが、あえて強い口調で相手に自分の自信を見せつけた桂馬の意図するところなのだが）。

そして。

「あは！」

いきなり吉野郁美の瞳に涙が浮かぶ。次の瞬間。

「あはははははははははははははは！」

彼女は突然、たがが外れたように笑い出した。エルシィはびっくりしていたが、桂馬は軽く眉《まゆ》を上げただけだった。

「……おかしいか?」

冷ややかに、

「ボクが神を名乗るのが? そんなにおかしいか?」

「あ、ははははは!」

吉野郁美《よしのいくみ》は苦しそうに笑いながら、ぶんぶんと手を振った。

「ちが! ちが、あはははは!」

それからようやくなんとか笑いを抑《おさ》え、目尻《めじり》の涙を指で拭《ぬぐ》いながら、

「うん」

急に何かさっぱりした表情で頷《うなず》いた。

「うん!」

目に力強さが宿る。桂馬《けいま》が唇《くちびる》だけで笑《え》む。それこそが。

彼が求めていたモノだから。

吉野郁美が宣言した。

「わかった! 私はもう全面的に桂木《かつらぎ》君を信用するよ! お願い! お姉ちゃんの悩みを一緒に解決してあげて!」

「……」

桂馬は唇の笑みに加えて、目でも微笑《ほほえ》む。

ふっと一言。

「承知した」

かなり時間が経った後のこと。吉野郁美はこの一連のやりとりをすべて覚えていて、彼女の友人につくづく感心したように語ったモノである。

〝桂木君って本当に〟

彼女の真実の感情が込められた言葉だった。

幾《いく》つか〝落《お》とし神《がみ》〟という言葉に誤解が入っていたが、それでも紛《まぎ》れもなくそれは賞賛の言葉だったのだ！

〝この世界に落とされた神様なのかもね〟

と。

だが、それはあくまで後日のことであって、現在、吉野郁美は姉のことを桂木桂馬に語るのにただ一生懸命だった。桂馬、郁美、エルシィの一行は神社の裏に移動して、手頃《てごろ》なベンチに腰をかけている。エルシィが、ひとっ走りお使いに行って買ってきた缶ジュースを飲みながら吉野郁美は喋《しゃべ》りだした。

姉のことを。

「お姉ちゃんはね、本当はニンゲンが嫌いなの」

まず何より衝撃的なことをさらりとそう言ってのけた。大きく息を吸い込み、またはあっと吐いて桂馬《けいま》の様子をちらっと確かめる。

しかし、桂馬は。

微塵《みじん》も動じてない。

吉野郁美《よしのいくみ》はちょっと微笑《ほほえ》んだ。

(よかった)

と、思っていた。

(この人がいて本当によかった)

それからその嬉《うれ》しさを押し隠すように早口で、

「比喩《ひゆ》表現じゃないよ?」

と、桂馬に言う。桂馬は軽く頷《うなず》く。

「わかってる」

「驚かないの? あんなに外見は〝普通〟っぽい、誰にでも愛想がよくて、そつがなくて、いい子っぽそうなあのお姉ちゃんがニンゲンが嫌いなんだよ?」

「なぜ」

と、桂馬は同じくらいさらりと答える。

「ニンゲンが嫌い、ということくらいで驚く必要がある？　それに」

と、彼は知的な表情で付け加える。

「そうではないかと……正確にはそんなところではないかと想像していた。あの〝普通〟は吉野麻美の仮面だろう？　彼女が生きていくための。方便である」

「あは」

と、吉野郁美が笑った。

「やっぱりお姉ちゃんが気にするわけだね、桂木《かつらぎ》君のことを！」

「……」

桂馬は目線で話を続けるように促《うなが》した。吉野郁美も大いに頷く。ちなみにエルシィだけは目を白黒させていた。

彼女は半分以上、話について行けてなかった。

だが、エルシィはとりあえず置いてきぼりにした形で、吉野郁美と桂馬の話は進んでいった。

「子供の頃《ころ》からね」

と、吉野郁美は話し出す。

「子供の頃からよく似ていない姉妹だね、って私たちはよく言われていた。あ、もちろん外見のことじゃないよ？　外見はたまに自分たちでも本当に鏡みたいって思うときがあるんだから。双子の中でも特にお互いに似ているほうだと思うんだ」

桂馬《けいま》は頷《うなず》いた。

吉野郁美《よしのいくみ》はちょっと笑う。複雑な表情で、

「でも」

と、哀《かな》しそうな目になり、

「中身はまるで正反対」

「……」

「私はね、桂木《かつらぎ》君！」

と、吉野郁美は勢い込んで桂馬のほうに向き直った。

「わかると思うけど、もう私と付き合ってるうちにわかってきたと思うけど、ニンゲンが大好きなの！　人と遊んでいるのが楽しいの！　お友達もたくさんいるし、学校も大好きだし、こうやって桂木君とお話ししているのだって楽しくて仕方ない。でも」

溜息《ためいき》。

「お姉ちゃんは真逆なの」

桂馬は無言。吉野郁美は独白のように、

「お姉ちゃんはね、私とは本当に真逆。ニンゲンが嫌い。団体行動をしたり、人と遊んだりするのが嫌い。たくさん人がいる学校はずっと憂鬱《ゆううつ》の種だし、人と接して調子を合わせたりすることが苦痛で仕方ないの」

桂馬は思っている。

（カラオケボックスで……遊園地で、ボウリング場で……体調を悪くしたのはそれゆえか）

吉野郁美は言う。

「お姉ちゃんはね、本当はずっとずっと一人で本を読んだり、ゲームをしたり、映画を見たりするのがいいいんだって。将来の夢はね」

と、ちょっと苦笑する。

「子供の頃《ころ》の二人の将来の夢はね、私が幼稚園の先生でお姉ちゃんがなんだと思う？　山奥の庵《いおり》に住む隠者《いんじゃ》だって。小学生の頃の話だよ？　どんな小学生だよ！　って感じだよね！」

桂馬は何も言わない。

吉野郁美は首を横に振った。

「でね」

と、彼女は付け加えた。沈鬱《ちんうつ》な表情で、

「何より問題なのは」

一度、ちょっと言葉を止めてから呟《つぶや》く。

「お姉ちゃんはそんな自分が何より大嫌いなの」

桂馬は眉《まゆ》一つ動かさなかった。

そうだと思っていたから。

そうでなければあんな仮面をつけて生きようとはしないはずだから。


「お姉ちゃんはね」

吉野郁美《よしのいくみ》は話し続ける。

「本当は私が羨《うらや》ましいんだって。人と仲良くやって、心から人と楽しそうに遊んでいる私が羨ましくて仕方ないんだって。そう言っていた。私たち姉妹はね、双子だから、なのかな？　ううん。違う。お姉ちゃんのニンゲン嫌いも幾《いく》つか例外があって、家族は基本的に大丈夫なの。だから、お姉ちゃん、家に帰ると結構……ううん。ものすごくいろいろと私とお話しするの。でね」

ちょっとにやっと笑った。

「初めてなんだよ？　本当に初めてお姉ちゃんが学校のことをいろいろと私に話してくれるようになったの。正確には……」

少しタメをつくって桂馬《けいま》の表情をうかがう。

だが。

「……」

桂馬は表情をまったく変えなかった。そして吉野郁美はそんな桂馬のポーカーフェイスを崩

してやろうと少し意地悪に、

「桂木《かつらぎ》桂馬、っていう男の子のことをいろいろね」

「……」

でも、やっぱり。

桂馬は無言だった。


それもまた予測の範疇《はんちゅう》だった。


「で？」

と、桂馬はやがて話の続きを促《うなが》した。吉野郁美はつまらなそうに、

「驚かないの？　あのお姉ちゃんが桂木君のことだけは〝今日、桂木君がああしてね〟とか〝先生に怒られて〟とかずっとずっとそんなことを話しているんだよ！　目をキラキラさせてね！　そりゃあ、あなた、これ、立派な恋じゃないですか！　お姉ちゃんもやっぱり普通の女の子だったんだよ！」

（どうかな？）

と、桂馬は内心で首を捻《ひね》っている。

（恋とかではないんだろうな、きっと。まだ）

しかし、その考えは郁美《いくみ》の前では開陳《かいちん》しなかった。ただこう尋ねる。

「だからだな」

彼女の目をじっと見つめながら、

「だから、君はボクの人となりを確かめようと吉野麻美《よしのあさみ》の、姉のフリをしたわけか？」

「そ～！」

吉野郁美は大いに頷《うなず》いた。

「最初、会ったとき、本当に驚いたよ！　いや、あのとき、桂木《かつらぎ》君が近くに来ていたことは知っていたんだよ？　帰宅したお姉ちゃんがすごく嬉《うれ》しそうに〝今、桂木君とそこまで一緒に帰ってきたの！〟って話してくれていたからね。ただ驚いたのは桂木君がまだそばにいたことと何よりお姉ちゃんが話してくれた容貌《ようぼう》がまんまそのままだったから！　〝顔がすごく綺麗《きれい》で貴公子な感じのオタクの人だよ！〟ってね」

「……」

「私はそれまで〝オタメガネ、オタメガネって呼ばれてるんだよ〟ってお姉ちゃんから聞いていたからお姉ちゃんの桂木君の外見に関する報告は恋する乙女《おとめ》の色眼鏡《めがね》がかかっていると思って話半分で聞いてたんだけどさ、実際、会ってみて驚いたよ。本当に貴公子っぽいもんね。桂木君は」

ししっと笑う吉野郁美。

桂馬《けいま》はたらりと汗をかいた。

喜んで良いのかどうなのか……。

「あはは、でも、本当に今さらだけど謝るよ。結果的に騙《だま》したわけだもんね、桂木君を」

ぺこりと頭を下げる吉野郁美。

ちなみにエルシィはというと……寝ている。

くかあ～と寝ていた。どうやら話が込み入りすぎていて、ついに理解するのを放棄したようだ。桂馬はちろっとそちらを見てから溜息《ためいき》混じりに、

「構わない。それだけお姉さんが心配だったわけだろう？　君からすればあまり人に慣れていないお姉さんだ。特にボクの言動《げんどう》をそのまま忠実に解釈すれば、明らかに恋をするとかには不向きなタイプの人間だ。だから、ボクを見極めようとしたのだろう？　果たして姉にふさわしいのかどうかと」

「実を言うと」

吉野郁美は照れくさそうに頭を掻《か》く。

「本当はちょっと好奇心もあったんだ。お姉ちゃんがそれだけ嬉しそうに語って聞かせる桂木桂馬って男の子は一体どんな人なのかなって」

「……だから、君はあえて完璧《かんぺき》には姉のフリをしなかった」

「そうだね」

と、吉野郁美《よしのいくみ》は認める。

「できれば〝仮面〟を被《かぶ》っているお姉ちゃんと違う〝私〟……学校でのお姉ちゃんと学校の外の私に桂木桂馬《かつらぎけいま》君がどういう反応をするか見たかったの。まあ、結果的にそうなったっていう面も確かにあるけれど」

桂馬は笑った。

「困惑したよ」

「そうなの？」

「いろいろな状況が重なってね」

「ねえ」

と、吉野郁美は上目遣いで桂馬に尋ねる。

「私は本当はもっと早くネタばらしをするつもりだったんだよ？　でも、それをしなかった。少し引っ張ったの……まあ、近日中には間違いなくするつもりだったんだけど……でも、それってなんでそうしたかわかる？」

桂馬は苦笑した。

「あの、天美透《あまみとおる》……天使みたいな格好の女の子と鉢合わせしたからだろう？」

「大ピンポ〜ン！　あのとき、本気で思ったんだよ！　この人、オタク、オタメガネって言われてるけど、実はそれを案外、隠れ蓑《みの》にしている女ったらしなんじゃないかって。ニンゲン嫌いのお姉ちゃんに対して一体どうアプローチしたのか知らないけど、お姉ちゃんをもてあそぶつもりじゃないかって」

「……誤解だよ」

桂馬は淡々と言った。

「ボクは」

まったく気負いなく。

「現実《リアル》の女の子からはまったくもってモテナイ。普通ならば、ね」

「……」

今度は吉野郁美がたらりと冷や汗をかいて押し黙った。

「気になることがあるんだ」

と、今度は桂馬が尋ねた。

「さっき、君は吉野麻美《あさみ》が、お姉さんがボクのことを話すようになった、と言っていた。恐らくそれはそれなりに前からのことなのだろう？」

吉野郁美は頷《うなず》いた。

「桂木君と同じクラスになったあたりからだよ」

「なるほど。で、これは推量なのだが、もしかしたら吉野麻美はボクと君が会った日あたりから何か大きな変化を見せてないか？　もしかしたらなんだけど自分を卑下する言葉とかがとても多くなってやしないか？　主に人付き合いに関することで」

吉野郁美《よしのいくみ》が大きく目を見開いた。

「なんで」

どうしても驚嘆《きょうたん》で声が掠《かす》れる。

「なんでわかるの？」

「やっぱり」

と、溜息《ためいき》混じりに桂馬《けいま》。

「……」

吉野郁美はしばらく沈黙を保ってじっと桂馬を見つめていたが、同じように溜息をついて前に向き直った。

「そう、そうなんだ。一体、どうして桂木《かつらぎ》君がそう思ったのか知らないけど、まさしくそのとおりだよ。前からお姉ちゃん、私のことをどこか羨《うらや》ましがっているふうがあったんだけど、最近、それが強くなってね。〝いいね、郁美は……私も。私ももっと人とうまく、仲良く話せるような女の子になりたかった〟って……ねえ、これってやっぱりアレだよね？　桂木君を好きになっちゃったから、だから、そういうことを強く思い悩むようになったんだよね？　桂木君ともっと仲良くなりたいからそう思うんだよね？」

「……」

桂馬は答えなかった。

だけど、彼は心の中で、

(なるほど。形が見えてきたな……どうも、あながち吉野郁美の言っていることは間違っていないみたいだ)

呟《つぶや》いている。

彼は代わりに質問をした。

「でもお姉さんは、前から矯正《きょうせい》したかったんだろう、そんな自分を。だから、吉野麻美はもっとも自分に不向きな、人と一対一で向かい合う茶道部なんかに入ってるんじゃないのかい？」

「は、はは」

吉野郁美が乾いた声で笑う。

「まさしく。まさしくそのとおりだよ。お姉ちゃんはソレが理由で茶道部に入ってる。お姉ちゃんはずっと自分の性質を苦にしているし、それを必死で直そうとしているんだ。ニンゲン嫌いをね。だから、できるだけほかの人と団体行動をとろうとしているし、部活なんかも一生懸命、出るようにしているんだ」

「……」

「ねえ！」

吉野郁美が桂馬の手を取ってきた。

「お願い！　どうしたら直るかな？　どうしたらお姉ちゃん、ほかの人とうまくやっていけるようになるかな？」

彼女の目には神威の洞察力を秘めた桂馬《けいま》の力にすがるような光があった。

「桂木《かつらぎ》君なら！　桂木君ならわかるんじゃない？　どうすればいいか？」

「……」

桂馬はまた答えなかった。彼はそれとはやや角度のずれた質問をする。

「一つ聞かせてくれ」

直接、攻略には関係ないことだった。ただ桂木桂馬という少年自身が知りたくなったことだった。吉野麻美《よしのあさみ》、という少女を知るにつれて。

「君のお姉さんは、仮面をつけてないときはどんな人格なんだ？　家ではどんなふうに振る舞っている？」

「どんなって」

吉野郁美《いくみ》は幾分《いくぶん》、戸惑《とまど》ったように、

「あ、いや、桂木君はさっきから仮面、仮面、って言ってるけどさ、別にお姉ちゃんは何かに豹変《ひょうへん》したりするわけじゃないよ？　外の人に対するときみたいに丁寧《ていねい》だし、優しいし、よく私の悩みの相談とかにも乗ってくれる。ううん、普通の人とうまく接せられないぶん、私とかには普通の人よりもずっと優しいと思う。ただ……お姉ちゃんはアレなんだよ、外の人には絶対、自分の悩みとか苦しみは出さない。見せない。自分の素《す》の、弱い脆《もろ》い部分を見せることが苦痛みたい。だから、完璧《かんぺき》ないい子であり続けようとしているんだよ。お姉ちゃん、さっきも言ったけど、私とかには自分の悩みとか結構、話してくれるから。それだけ。その違いなんじゃないかな？　お姉ちゃんは」

吉野郁美はそこでいったん言葉を切り、

「結局のところやっぱりすごくいい子なんだよ。自分の欠点を克服するために一生懸命だしさ」

と、そう結んだ。

桂馬は長いこと黙ってから、

「……そっか」

と、答えた。顎《あご》を撫《な》でる。エルシィがむにゃむにゃと言って目を擦《こす》りながら起きてきた。桂馬はちらっとそんなエルシィを見やりながら、

「わかった。ボクがなんとかしよう。必ず」

吉野郁美の目がキラキラと光り出す。

「ほ、ほんと？」

それに対して桂馬は厳しい目で告げた。

「だが、それには君の協力が必要不可欠だ。協力してくれるな？　吉野郁美」

その言葉に、

「もちろんだよ！」

吉野郁美《よしのいくみ》が諸手《もろて》を挙げて賛意を示した。

エルシィが。

きょとんとしていた。


その日。

吉野麻美《あさみ》は帰宅した妹の郁美から、

「明日、私のお友達とガッカン・ランドというところに遊びに行くんだけど、お姉ちゃんも一緒に行かない？」

と、誘われていた。

当然、吉野麻美のほうはあまり気乗りがしなかった。だが、妹から、

「これもほら？　お姉ちゃんが頑張ってる、人ともっとうまく付き合えるようになる訓練の一環だと思うよ？」

と、そう諭《さと》されたうえに〝ついでにね〟と付け加えられた言葉が吉野麻美の心を大いに揺り動かした。

「桂木《かつらぎ》君も来るんだってさ。お姉ちゃんがよく話題にしている、あの桂木桂馬《けいま》君」

当然、

「え？」

と、吉野麻美は聞き返した。その顔は、

〝なんで？？？〟

という疑問符に充ち満ちていた。吉野郁美はあっさりと答える。

「なんか私の友達の友達が偶然にも桂木君だったんだって！」

その言葉に。

行く。

と、吉野麻美はほとんど反射的にそう答えていた。

妹の吉野郁美は満足そうに頷《うなず》いた。

翌日。快晴。

吉野麻美はドキドキしながら、ガッカン・ランドの正面エントランスに辿《たど》り着いていた。ガッカン・ランドの前には創設者である生岳学勘《いけごまがっかん》という人の銅像があり、そこが一応、待ち合わせ場所になっていた。

妹の郁美はなぜか、

「私、ちょっと用があるから先に行ってるね？」

と、言ってにこにこ笑いながら家を出て行ってしまったのだ。

吉野麻美《よしのあさみ》としては、

〝同じ家に住んでいるんだから、一緒に行けばいいのに……というか、なんの用だか知らないけど、付き合うし〟

と、思ったのだが、

「あははは、今日は目いっぱい、楽しもうね、お姉ちゃん?」

と元気に笑う郁美《いくみ》の前で何も言えなくなったのだ。

吉野麻美は自分とはまったく性格の異なる明るく朗《ほが》らかな妹に対して、いつもどこか気後《きおく》れに近いモノを感じていた。

自分は双子の妹である郁美をものすごく頼りにしている。

思春期を迎えて、子供の頃《ころ》ほどには両親に甘えられなくなった今、(と、言っても別に何か家族間に問題を抱えているわけではない。普通にちょっと距離が出てきただけである。特に父親に対して)ほとんど唯一と言ってもいいくらいなんでも話し合える相手だ。

自分の学校生活や悩みなんかもよく語るが、妹の〝テスト勉強がたいへんだよ~〟という愚痴《ぐち》やら〝クラスのカッコいい子がね〟という恋話に聞き入ったり(同じ顔、同じスタイルなのにそういう方面で吉野麻美はまったくの奥手だった。男子に対しては常に気恥ずかしいし、気後れがある)もする。

双子の姉妹、ということを差し引いても仲の良い関係だとは思う。

でも、自分のほうが姉であるはずなのに、二人の行動の決定権はどちらかというと妹にあった。学校生活のことや桂木桂馬《かつらぎけいま》のことなんかも、

〝お姉ちゃん、もっといろいろ聞かせて！〟

という郁美の言葉に促《うなが》されて語っている側面があったのだ。妹が自分のことを心配していることはよく知っていた。

自分が抱えている対人関係に関する問題を。

妹はずっと心配しているのだ。

ニンゲン嫌い、と妹はよく麻美のことを表現していたが、麻美から言わせればちょっと違うのである。

ニンゲンが苦手、なのである。

他者と表面的な関係を築いていくのが麻美はとても苦手なのだった。

だから、『嫌い』という表現をあえて使用するのならば、

『他者との円滑《えんかつ》なコミュニケーション』

が嫌い……。

いや、違う。

より正確に言えば、

『他者との円滑なコミュニケーションをうまくとれない〝自分〟』が、嫌いなのである。実際、では、単純に〝人〟が嫌いかと言えば、そんなことはない。むしろその逆である。麻美《あさみ》は読書が好きだったが、読んでいるのは主に評伝とか伝記である。もちろん小説も読むが、登場するキャラクターにはまっているのはニンゲンという存在が〝好き〟だからである。吉野《よしの》麻美はそこに自分が絡まないのなら、人間関係を見ているのは好きなのである。

たとえばどういうことかというと、

〝お姉ちゃん、私のクラスでさ、私と仲良しグループの一人が別のクラスの男の子を好きになっちゃって、でもその子は〟

とか、妹の郁美《いくみ》のぺちゃくちゃたわいもないお喋《しゃべ》りを聞くのは好きなのである。実際、ときどき、郁美がびっくりするくらい麻美は妹の交友関係をよく覚えていた。また実は麻美は自分のクラスメイトのことも性格や立場や経歴などをよく把握していた。

人間に関心がないわけではなく、むしろ強い興味を持っている。ただ。

そこに自分が絡《から》む、ととたんにダメになるのだった。

吉野麻美は幸福そうな人たちが好きだった。

郁美の話を聞いていると楽しいのも、誰とでも仲良く話せる郁美の周囲の人たちが皆、いい雰囲気を保っているからである。クラスの仲良しグループを遠巻きに見ていることはとても好きだった。

でも。

自分は。

ダメなのだ。自分がそこに入るとすべてが崩れてしまう気がした。なんと言ったらいいのだろう。うまく調和していたバランスが〝自分〟という異分子が入ることによって崩れるような恐怖を感じるのだ。どう振る舞っていいかわからなくなるのである。そして気持ち悪くなる。体調がおかしくなる。だから、郁美が〝お姉ちゃんはニンゲン嫌い〟と評するような反応をとってしまうのだった。

そして。

そんな自分に激しい自己嫌悪を覚えるのだ。

人とうまくやれないことを自覚したのはいつからだろうか？

何かきっかけがあったわけではない。

気がつけばこうだったのである。妹を眩《まぶ》しく、ずっと羨《うらや》ましく、そして自分を歯がゆく感じていた子供の頃《ころ》。

将来の夢を〝山奥に住む隠者《いんじゃ》〟と書いて、心配した学校の担任が両親に報告してひとしきり怒られた。

でも。

本音のところはそうなのだ。誰が悪いわけではない。ただ自分がダメなのだ。

思春期以降、妹との性格的な差が顕著《けんちょ》になるにつれ、麻美《あさみ》は必死でそれを直そうとしてきた……。

今日、不安を感じながらもガッカン・ランドに行くことを承諾したのはそれが大きな理由である。麻美は対人関係に恐怖感を抱えていても、よくクラスの行事やら部活には顔を出していた。茶道部を選んだのも、一対一で人と向かい合うことによって、自分のコミュニケーション能力に改善がみられるのではないかと期待してのことである。

実際のところは。でも。

大概の場合、ダメなのだった。人と遊びに行っても、うまく笑えず（笑えていないように思い）、うまく受け答えできず（どうしてもそう思ってしまう）、相手を怒らせてないか、相手を不快にさせていないか、どんどんと不安になり、最終的には自分自身が気持ち悪くなってしまう。それで余計、周囲の人に気を遣い、申し訳なく思ってしまい、哀《かな》しくなる。自分のことが。妹と対比してしまう。

なぜ、自分はこうなのだろうと。

落ち込むのだった。

だが、今日は実のところ不安と同等にある種の期待もあった。

それが……。

〝えっと……ここがそうだよね？〟

と、バスから降りて緩《ゆる》やかなスロープを下っていった吉野《よしの》麻美はきょろきょろと周囲を見回す。待ち合わせ場所はすぐにわかった。厳《いか》めしい顔をした男性の銅像が入り口の横に設置されていて、そこに二人ほど人が立っている。

あれ？

郁美《いくみ》や桂《かつら》木君《ぎ》はまだ来ていないのかな？

と、思い、反対側のほうに回り込むとそこにいた。

「あ！」

心臓がどきんと跳《は》ねた。桂木桂馬《けいま》がそこに一人で立っていた。

でも。

彼は相変わらず携帯ゲームをしていた。麻美は困った。声をかけてよいものかどうか迷う。

しばし躊躇《ちゆうちよ》した後、

「あ、あの桂木君」

と、勇気を振り絞《しぼ》って話しかけると、

「は！」

いきなり桂木桂馬は両手と右足を前に突き出し、まるで持っているゲーム機で空中から落下してきた何かを受け止めるような動作をした。

びくっと吉野麻美《よしのあさみ》が身をすくめる。

「ぬ?」

桂馬《けいま》が画面に視線を落とす。

「よし、成功だ……おはよう」

と、声を出す。

吉野麻美はちょっとほっとして、

「あ、う、うん。おはよう」

自分のペースを取り戻し、いつもの〝普通〟の仮面を身につける。いつしか吉野麻美が身につけた唯一の対人コミュニケーションスキル。

人といることが苦手な吉野麻美が編み出した集団の中に帰属する唯一の方法。

当たり障《さわ》りなく。

平均的に。

平凡に。

人に不快感を与えないよう。過度に主張しすぎないよう。それが。

吉野麻美のやり方だった。

「早いね」

と、彼女は落ち着いた声で会話の糸口を探す。

「今日は妹の……エルシィさんは来ないの？」

端《はた》から見ればまったく問題のない問いかけであろう。当然、桂馬も何か返事をすると思ったが、

「うん。パンは好きだよ。でも、君が作ってくれるモノならなんでも食べたい」

「？」

吉野麻美はきょとんとした。

「え？」

と、問い返すと、

「だから、そんなに自分の料理の腕を卑下《ひげ》しないでくれったら」

「は？」

会話が成り立っていない。桂馬は携帯ゲーム機に向かってさらに、

「だから、ぱ、ん、が、す、き！」

「……」

吉野麻美は絶句。

「あ、あの桂木《かつらぎ》君？」

と、尋ねると桂馬はまた、

「ぱ、ん、が、す、き！」

端《はた》から見るとただ単に危ない人である。ようやく吉野麻美《よしのあさみ》は悟る。桂木桂馬《かつらぎけいま》はどうもゲームの中の登場人物に話しかけているようなのだ。

その証拠に、

「ぱ……違う！　誰が好きなパンツの色の話をしてるんだ、まったく！」

少し眉《まゆ》をしかめ、

「う～ん……この朝食イベントをダウンロードしたのはいいけど、音声認識機能がまだまだだな。これでは攻略に差し支《つか》える。もっと練ってから出してもらわないと。ん？」

そこでようやく桂馬は横でぽかんとして立ち尽くしている吉野麻美に気がついたようだ。ちろっと彼女を見て発した彼の第一声がコレだった。

「なんだ、いたのか？」

吉野麻美は呆然《ぼうぜん》としていた……。


桂木桂馬。

本当に自分は彼のことが好きなのだろうか？

妹には、

〝も～ラブラブじゃん！　お姉ちゃん、絶対、それは桂木君のことが気になってるんだったら！〟

　と、言われていた。

　いつか学校のことを妹に報告する過程で桂木桂馬、という不思議な少年のことを話す割合が多くなっていた際、そう指摘されたのだ。

　その言葉を聞いたとたん。

　白状しよう。

　ぼっと顔が赤くなったのは事実なのだった。心がどきんと跳《は》ねたのも間違いなかった。妹は嬉《うれ》しそうに、

〝ほ〜ら、やっぱり！〟

　と、手を打った。

〝ち、ちが！〟

　と、吉野麻美はぶんぶんと首と手を振った。自分にそういう感情があることさえ、ありえないと思っていたから。

　恥ずかしさもまたひとしおだった。

　でも。

　そういう理性とは別に心がゆらゆら揺れ動いたのは妹の指摘どおりなのである。これが……恋なのだろうか？

桂木桂馬《かつらぎけいま》、という少年がなんだかすごく気になり始めていたのである。授業中。お昼休み。クラスで。

廊下ですれ違ったときなど。

つい桂馬を目で追っている自分に気がついてどきっとしたモノである。さらに言ってしまえば最近、桂馬と一緒に下校する際、表面上は普段の自分どおりに振る舞ってはいたが、内面はもう心臓がばくばくだったのである。

恋……。

なのかどうかは知らない。正直なところよくわからない。

ただ一つ。

間違いなく言えること。

それは。

自分は桂木桂馬、という少年がものすごく気になるのだった。

そこに好意があることももう否定はしない。

なぜ、という理由はわからないのだが。

だから、今日はその自分の理解不能な気持ちを確かめたい、という思いもあったのだ。桂木桂馬とちょっとでも深く話せば自分の抱えているもやもやに、より整理がつく気がしていたのだが……。

なんだか先行き不安な感じだった。

さらに困惑したのは、桂馬が、

「よし、じゃあ、入るか？」

と、ガッカン・ランドに吉野麻美《よしのあさみ》をさらりと誘ったときだった。麻美は大いに慌てた。

「え？　あ、あの？」

と、桂馬の前ではうまく被《かぶ》り続けていた〝普通〟の仮面が剥《は》がれかける。

「待って！　妹は？　ほかの人は？」

「ん？」

と、桂馬はいったん立ち止まって、

「なんだ？　聞いていないのか？　君の妹とかエルシィは一時間ほどしたら。ほかの連中はさらにその後から来るんだそうだ。最初はボクらだけだぞ？」

その言葉に。

吉野麻美はしばし凝固《ぎょうこ》した後。

「ええええええええええ!?」

と、思わず叫んでしまった。完全に想定外だった。

その後、桂馬《けいま》がさっさとガッカン・ランド内に入っていってしまう。吉野麻美《よしのあさみ》はあたふたと彼を追いかけた。

桂馬はまったくまごつくことなく、

「……ボクは着替えたくない。君は?」

ちろっと混雑しているフロントを見てそう言った。

〝ここはコスプレして遊ぶ施設なんだ〟

吉野麻美は目を白黒させた後、顔をぼっと赤らめた。

どうしていいかわからない。いや、コスプレなんて。

妹が一緒ならともかく桂木《かつらぎ》君と二人っきりなんてそんなの恥ずかしすぎる!

「む、無理!」

と、思わず口に出してそう言ってしまう。それからはっとして口元を押さえたが、桂馬は気を悪くしたふうもなく、

「当然だな。まったく大体、コスプレを喜んでするヤツの気が知れない。そもそも三次元が二次元に勝てるわけが」

と、ぶつぶつ言っている。吉野麻美の脳内ではいろいろな思考がぐるぐると回っていた。

〝え？　こ、これからしばらく二人っきり？　ど、どうしよう？　私、カラオケなんてできないし、ゲームも得意じゃないし、ま、間《ま》が、間が持たないよ～！〟

と思い悩んでいる。パニックに陥《おちい》りかけていた。しかし、程《ほど》なくそれがすべて杞憂《きゆう》に終わる。

桂馬がふと、

「……」

酷《ひど》く顔をしかめたのだ。

「？」

と、吉野麻美も我に返って桂馬が見ている方向に自分も視線を向けた。そこには、

『美少女ゲーム～制服強化週間～』

というポスターが貼《は》ってあった。桂馬がさらに険《けわ》しい目線を周囲に巡らす。吉野麻美も一緒になって辺りを見回した。

なるほど。

確かに自分にはよくわからないが、妙に派手なデザインの制服に身を包んだ女の子たちが辺りを楽しそうに闊歩《かっぽ》していた。

これはゲームの女の子たちの制服なのだろうか？

と、突然。

「アレは〝ぱににゃん〟の泉《いずみ》学園の制服か？　だが、リボンの色が違うぞ……それになんだ、あれは！〝時めき君に〟のグランド・セイント学院と〝笑顔の夏休み〟の古原《ふるはら》高校がごっちゃまぜになっているじゃないか！」

どうやら桂木桂馬《かつらぎけいま》の目にはそれら制服の細かい粗《あら》が気になって仕方ないようだ
「あっちは記章《きしょう》が逆！　だから、大野《おおの》ことりのワッペンだけは木じゃなくって鳥の意匠《いしょう》！でなければ最後のフラグの意味がなくなっちゃうだろう？」

正直なところ吉野麻美《よしのあさみ》には桂馬が何を言っているのかさっぱり意味不明だったが……。

「信じられん！」

桂馬が怒っているのだけは理解できた。それから彼は〝信じられん！とはお前、ソレどの口が言うんだ？〟という行動をとるのである。

すなわち同行している吉野麻美の存在をすっかりほっぽってフロントのほうへ突撃すると、

「この制服週間には大いに問題がある！」

と、ガッカン・ランドのスタッフにガンガン文句を言い、さらに理路整然《りろせいぜん》と、

「だから、こっちはスカーフを入れ替えれば問題ないし、こっちは王子様用の服に確か金糸があったでしょう？　そう。それを流用すればネビル学院の生徒っぽくなるから」

と、改善点を次々と提案していったのである。最初は相手のほうも戸惑《とまど》っていたが、桂馬の指摘があまりにも的確でシャープなことと確かにちょっとした工夫で非常に有益な効果が期待

できるので、次第にフロントのお姉さんたちだけではなく、上司まで出てきて、桂馬の説明にふんふんと聞き入り、最終的には、

「す、素晴らしい！　ぜひ、うちの服飾アドバイザーになってください！」

と、桂馬の手を握って感動した面持《おもも》ちでそう勧誘されるまでになったのである。桂馬は桂馬で、

「まあ、ギャルゲー関係の服だけなら」

と、いともあっさりとそれを承諾。

ぽかんとしている吉野麻美を尻目《しりめ》に桂馬とその上司はその後、熱心にギャルゲー系の服飾について話し合いを重ねた。

小一時間ばかり。

つまり吉野郁美《いくみ》とエルシィが遅れて到着するまで。

最初、吉野郁美はその経緯を聞いて叫んだ。

「え〜？　信じられない！　遊んでなかったの!?」

その言葉に吉野麻美もまったく同感だった。そしてエルシィだけがなんだか申し訳なさそうな、苦笑するような表情でまだどんどんと拳《こぶし》でフロントのデスクを叩《たた》きながら何やら力説している桂馬のほうを見やった。

（神様らしいなあ）

ちょっとばかり諦《あきら》めも入っていた。

そして桂馬《けいま》と吉野麻美《よしのあさみ》。そこに吉野郁美《いくみ》とエルシィも加わって一緒に遊ぶことになったのである。さすがに桂馬もそれ以上、フロントデスクに張りついてギャルゲーの服飾に関して熱く持論を展開しようとはしなかった。仕方ない、という表情で吉野姉妹、エルシィの後について歩くことを承諾する。

燃えていたのは吉野郁美である。彼女は姉がうまく桂木《かつらぎ》桂馬に接近できなかった失点を挽《ばん》回《かい》しようとするかのように、

「ここ！　ここに入ろうよ！」

と、ガッカン・ランドの七階フロアすべてを使っている、名物〝水着で入るお化け屋敷〟の前で声高らかに宣言した。吉野麻美は真っ赤になっていて、エルシィはびっくりしていて、桂馬は呆気《あっけ》にとられていた。

なんなんだ、この施設は本当に？

と、彼の表情が雄弁に物語っていた。

コスプレして中を歩けるというアイデアといい、建物から突き出たジェットコースターとい

い、どうもガッカン・ランドのプランナーは、ちょっとばかりねじが緩《ゆる》んでいるようだ。その〝水着で入るお化け屋敷〟のコンセプトも相当変わっていた。

まず入場者は入り口で水着（男女ともに貸し出している）に着替える。そして膝《ひざ》の辺りまで水に浸《つ》かった建物の中に入っていく。

設定は〝水没した館〟というモノ。

お化け屋敷とプールが組み合わさっていると考えれば適当である。入場者はその水没した館を水着で歩き回る。

この〝膝《ひざ》の辺りまで浸かった水〟というのがポイントである。

たとえば中を歩いていると突然、今まで透明に澄んでいた水が一瞬で血のように赤くなる。あるいは水中でがっと足首をいきなり摑《つか》まれたりする。さらには水の中から異形《いぎょう》のクリーチャーが飛び出してきたりする。

普通の人間は水がいきなり生暖かくなったり、冷たくなったりするだけでかなり心理的な圧迫感を感じるものである。

常に不安要素が足下に広がっている。

得体《えたい》の知れない水が。

これはなかなか怖かった。

ある意味で秀逸《しゅういつ》なアイデアと言えるだろう。

さらに付け加えると互いに〝水着〟になる〝お化け屋敷〟という点で、刺激を求めるカップルなどにたいへん人気があった。最初は吉野麻美《よしのあさみ》が渋っていたが、吉野郁美《いくみ》の強硬《きょうこう》採決で結局、一同は別売りのチケットを買ってしまった。

左右に分かれた男女の更衣室から入り口前に出てきて、女性陣は、恥ずかしそうにちょっと赤くなる。吉野麻美、郁美はそれぞれ脇にストライプの入ったワンピースの水着。エルシィはパレオを巻いたセパレーツタイプだった。

不思議なことにまったく同じ水着を着た顔も身体《からだ》つきもそっくりの双子同士なのに、吉野郁美は元気で健康的な印象、吉野麻美は清楚《せいそ》で可憐《かれん》なイメージが強かった。

ちなみにエルシィは意外にメリハリのついたスタイルをしている。

現実《リアル》の女の子に冷淡な桂馬《けいま》でもちょっとドキドキする。

そんな可愛《かわい》らしい女の子たちの水着姿である。

そしてその女の子三人と桂馬一人という構成でお化け屋敷に入る。生ぬるい水に足を浸《ひた》して、迷路のような薄暗いアトラクション内を歩いていく。相当、怖かった。形的にエルシィと吉野郁美が先行して桂馬、吉野麻美がその後に続く。

上からぴしょんと水が滴《したた》り落ちてきたり、横からわあっとゾンビの格好をした脅《おど》かし役が出てくる度《たび》、吉野麻美はきゃっと悲鳴を上げて桂馬にしがみついたりした。

不可抗力《ふかこうりょく》。

意図してやったわけではない。でも、身体が勝手に反応してそうなるのである。そして桂馬も桂馬で少し顔を赤らめはするが、決して吉野麻美を拒絶しようとはしなかった。

ひとしきり悲鳴を上げたり、はしゃいだりして一行はその変わった施設を無事にすべて踏破《とうは》する。エルシィも、吉野郁美も充分、元を取るくらいは楽しんだようだ。

すべての行程を終えて、更衣室で再び自分の服に着替え、お化け屋敷を後にしてもまだ吉野麻美の胸はドキドキ高鳴っていた。

そしてそれは。

たぶん、恐怖のためではなかった。

付属のレストランでちょっと遅めの昼食をとる。もうその頃《ころ》には吉野麻美は最初に感じていた気後《きおく》れをすっかりと払拭《ふっしょく》している。桂馬と笑ったり、郁美が桂馬に突っ込むのに乗っかったり、それまでほとんど話したことのないエルシィとも……多少、気を遣いはしたが、なんとか会話を交《か》わすことができた。

楽しかった。

妹以外の他者ともこんな感じで自分が話せるのだ、と。

自分でびっくりしていたくらいだ。

新しい発見で。

妹と。

なにより桂木桂馬《かつらぎけいま》、という男の子に感謝をしたかった。だが。

「あ、そうそう！　午後から私の友達たちも合流するからね♪」

という妹、吉野郁美《よしのいくみ》の屈託《くったく》のない一言で、吉野麻美《あさみ》のお腹《なか》は急にしくんと小さく痛んだ。はしゃいでいた楽しい気分が一気に萎《しぼ》んで、冷や水を浴びせられたような気分になった。

そして。

桂木桂馬はそんな吉野麻美を見るとはなしに黙って見ていた。

オムライスをのせたスプーンを口元に運びながら。

さりげなく。

だが、何かを穿《うが》つような瞳《ひとみ》でしっかりと。

桂木桂馬が吉野郁美に要請した内容は実にシンプルである。

〝最初にボクと吉野麻美をガッカン・ランドで二人っきりにしてくれ……そうだな。時間にして小一時間ほど。次に君とエルシィ。最後に二時間ほどあけて、君の友達の中で、特に社交的で、人に気遣いができて、楽しい人たちを何人か呼んでくれ〟

その言葉に吉野郁美は、

〝わかった！　要するに段階的にお姉ちゃんを慣らしていくわけだね？　最初に桂木君。次に私たちで最後にほかの人たちってすれば集団行動が苦手なお姉ちゃんの負担も軽くて済むものねえ～！　なるほど、さすが桂木君！〟

と、感心していてエルシィも、

〝う～、さすが神様！　実にナイスな作戦です！〟

と、ぶんぶん拳《こぶし》を振っていた。それに対して桂馬はただ、

〝……〟

薄くちょっと微笑《ほほえ》んでいただけである。


というわけで、吉野郁美はきちんと桂馬に言われたとおりに手配を行《おこな》った。午後遅くから郁美の友人たちが続々とガッカン・ランドに集まってきたのである。

結局、最終的には男女合わせて七人の大所帯になった。

桂馬とエルシィのほかに吉野姉妹、それと背の高い男の子、優しそうな男の子。笑顔が可愛《かわい》らしい元気そうな女の子。

「う～い！　今日はみんなで楽しく遊ぼうぜ！」

と、背の高いリーダータイプの男の子がそう宣言する。

女の子が、

「私、ここずっと来たかったんだ！」

と、はしゃいだ声を出した。

「あ、僕、ここに何回か来たことあるんだ。えっとね、おすすめの場所はね……あ、その前に一応、みんなで自己紹介したほうがいいよね？」

と、優しそうな男の子が皆に気を配る。結局、一度、フロントのほうに戻って衣装を着替えてから遊ぶことにした。

吉野郁美《よしのいくみ》がテンションを上げて、

「ねえねえ、みんなどんな衣装にするの？」

友達たちに尋ねて回った。楽しそうだ。

それに対して、

「う～ん、前回、着られなかったのがいいですね！　ね？　おにーさま！」

と、エルシィも完全に遊びモードに入って桂馬《けいま》に聞いてくる。吉野麻美《あさみ》も外見上は実に普通に、

「……桂木《かつらぎ》君は意外に王子様の格好が似合いそうだね」

と、微笑《ほほえ》んでいる。

「……」

ただ一人、桂木桂馬だけは、

「……」

無言でPFPをやっていた。

皆でそれぞれ希望のコスチュームをフロントでオーダーして、更衣室で着替える。着替え終わった後、和気藹々《わきあいあい》とそれぞれの格好について品評し合う。

それからカラオケに行く。

全員で二時間ばかり歌う。さらに別の格好に着替えてボウリング場に移動する。

盛り上がる。

二チームに分かれて対抗戦をやる。

いい感じで拮抗《きっこう》して、同じチームのメンバー同士でハイタッチなどをしてはしゃぐ。ガッカン・ランド内でまた軽くお茶をして、話が弾む。

呼びかけ人である吉野郁美は別として初対面同士の者が多かったが、みんな人懐《なつ》っこい、性格のいい少年少女たちばかりだったので他人に壁をまったく感じさせなかった。エルシィと吉野郁美はずっと笑いっぱなしで、肝心の吉野麻美も〝普通〟にその場を楽しんでいるように見えた。

彼女もまたずっと笑っていた。

しばらくして今度は皆でゲームセンターに行こうとぞろぞろと移動していく。男の子の冗談にどっと一同から笑いが起こる。それに対して誰かが突っ込んで、吉野麻美《よしのあさみ》もまた口元に手を当ててころころと笑っていた。

ふと最後尾にいたエルシィが誰にも聞こえないように隣に並んで歩いている桂馬《けいま》に向かってそっと耳打ちをした。

「なんか本当に気持ちのいい人たちばかりですね？　さすが吉野郁美《いくみ》さんのお友達！」

「……」

桂馬は黙っている。

エルシィは感心したように、

「なるほど！　こうやって楽しい環境で楽しく気遣いのできる人たちばかりで遊んでいればきっと吉野麻美さんのニンゲン嫌いも直るという寸法ですね。ほら！　見てください、神様！　吉野麻美さんも、もうすっかり皆とうち解けているように見える！」

「……」

桂馬は楽しそうに受け答えしている吉野麻美のか細い背中を見つめている。

「そう見えるか？」

そして次にＰＦＰに目を落とした。

「賭《か》けてもいい。うまくいかないよ。そんな簡単なことでコミュニケーションスキルの不適応が直るわけない」

「え？　じゃ、じゃあなんで？」

予想外の言葉にエルシィが立ち止まってオロオロする。桂馬はそんな彼女をすたすたと置いてきぼりにしながら、

「……」

やっぱり無表情に押し黙ったままだった。

彼の目がきらんと一瞬だけ光っていた。


何かを。

彼は待っているように見えた。


その後、夕飯も食べて、一同はダンスイベントが開かれるというイベントフロアに向かう。

そこで誰にも気づかれず、静かに異変を起こしている者がいる。

吉野麻美、その人だった。

吉野麻美の周りには桂馬、エルシィ、郁美がいるはずだった。だけど、いつの間にか桂馬は

辺りからいなくなっていた。

イベント会場のスタッフに声をかけられてそのまま出口に向かっていったのだ。どうやら今日、急遽《きゅうきょ》成立した〝ギャルゲー専門服飾アドバイザー〟としての意見を求められたらしい。思わず彼を引き留めそうになって。

その口実などまるでなくて吉野麻美《よしのあさみ》は言葉を呑《の》み込んだ。

そうだ。

元々。

桂馬《けいま》と自分に接点など何もないのだ。気がつけば妹の郁美《いくみ》は男の子二人と何やら話をしている。

エルシィは残った女の子と面白そうに周囲を見回していた。

自分は一人だった。

どう混ざっていいのかわからなかった。何を喋《しゃべ》っていいのかも。

麻美にとって周囲と和《なご》やかに話す、ということは苦痛以外の何物でもなかった。思春期以降いつの間にか身につけた〝普通〟な受け答えや、〝普通〟な振る舞いは、長時間、やり続けているとやがてメッキが剥《は》がれ落ちてくるのだった。

だんだんと苦痛になってくる。

だんだんと笑うのがしんどくなってくる。

他人に合わせるのが。

心が悲鳴を上げ始める。

辛《つら》くて。

だからこそ、自分がイヤになる。あんなに楽しそうに自分の分身のような郁美はほかの人たちと話しているのに。

肉体的な不調が彼女の身体《からだ》を責め苛《さいな》み始める。

吐《は》き気。

そして身震い。

何度もこうだった。情けない。行こうと思っていた。自分から来ようと思っていたのだ。今度は仲良くやれると。

妹みたいに〝普通〟にほかの人たちと仲良くできると。

でも。

その度《たび》に彼女は大きな挫折《ざせつ》を味わうのだった。

なぜなのだろう?

なぜ、自分は〝普通〟にできないのだろう。

ただ単に人と笑い合うことが。

誰もができていることが。

自分が作り上げた〝仮面〟の力を借りねば彼女は人とまともに付き合うことすらできない。

そうか。

自分は大きく欠落しているのだ。

ならば、仕方ない。


彼女の額《ひたい》には汗が浮かんでいた。いつしかもう耐えられなくなっていた。笑っているのが。エルシィや妹の郁美《いくみ》がほかの友人たちと仲良くやっている場面でそれ以上、心が正常に保てなくなる。謝《あやま》ろう。妹には後で謝ろう。桂木《かつらぎ》君にも後で謝ろう。

彼女は口元を押さえ、込み上げてくる吐《は》き気を堪《こら》える。

周りには様々な衣装でコスプレした人たち。彼女は。

イベント会場を思いっきり飛び出した。そのまま後ろも振り返らず、駆けていく。誰もいない階段を駆け下りていった。とんとんと一階分を下りかけて、そこですれ違った少年に気がついてはっと振り返る。

そこに立っていたのは、
ＰＦＰにじっと視線を落としている桂木桂馬《けいま》だった。

彼は背を向けたまま尋ねてきた。

「もう、帰るの？」

と。

「か、桂木君……」

階段の踊り場で桂馬の背中を見上げて吉野麻美《よしのあさみ》が呟《つぶや》いた。桂馬はすっと振り返った。

「君がここから逃げ帰る前に」

と、彼は溜息《ためいき》混じりに吉野麻美を見下ろし、尋ねる。

「吉野麻美。君に一つ聞いておきたい」

「え？」

と、戸惑《とまど》う吉野麻美に対して階段を一歩下りながら、

「……君は」

疑問を突きつける。

「なぜ、わざわざ人と仲良くしようとするんだ？」

「！」

絶句する吉野麻美。桂馬は階段を下りながら言う。

「ボクはずっと君を見てきた。君を知ろうとしてきた。君はずっと無理をしていたね？　人と笑い合うことがそんなに重要かい？　なぜ、人とうまく冗談を交《か》わす必要がある？　仲良しこよしのグループで、ただ人から仲間はずれにされないためだけに気を遣い続ける。は！　バカ

バカしいね！　空気？　なぜ、そんな空気なんか読まなければならないんだ？　場の雰囲気？　堂々と乱せ、そんなもの！　誇り高く孤立すればいいじゃないか！　たった一人で！　それこそがもっとも自分にとってふさわしいのならば！　孤立する勇気を持て！　迷うな、吉野麻美《よしのあさみ》！」

吉野麻美は瞬時に悟《さと》った。

見抜いていたのだ、桂木桂馬《かつらぎけいま》は。

自分が抱えている問題を。

ずっと自分が足掻《あが》いていたその気持ちを。諦《あきら》めていた自分の本質を。

「ボクは」

と、桂馬はどこか哀《かな》しそうな澄んだ瞳《ひとみ》で吉野麻美を見やった。

また一歩、階段を下りる。

「そうやっているよ、吉野麻美。きちんとそうしている」

それはさながら大空を飛べる鷹が地上を這《は》う動物を哀《あわ》れむような。

わかっている。

わかっていた。

桂馬は。

そうやっていた。きちんとそうやっていた。強がることなく。卑下《ひげ》することなく。ただ一人

OVIE

でそうやって誇り高く生きていた。

貫《つらぬ》いて。

自分という存在を屹然《きつぜん》と貫いて。

だからこそ。

そうだ。

だからこそ自分は桂木桂馬《かつらぎけいま》という少年にきっと憧《あこが》れていたのだ。ただ一人、誰に憚《はばか》ることなく立っているその超人のような強さに。

「で、でも」

と、吉野麻美《よしのあさみ》の声が震えた。ようやく分かった。分かったのだ。確かに吉野麻美は桂馬に憧れていた。親近感を抱《いだ》いていた。

でも、悟った。

自分はどうやったって桂木桂馬みたいにはなれない。

「だって！」

涙が出てきた。震えが走った。彼女は手を口元に引き寄せ、涙声で、

「だって！　私できないもん！　つらいもん！」

勝手に言葉があふれ出す。

「やだもん！　怖いもん！　一人は……私、桂馬くんのように強くない！」

妹が人と仲良くしているのを見ている度《たび》、たとえようもないくらいに寂しくなった。不安になった。妹がどこかに行ってしまう気がした。

だから。

ついていきたかったのだ。自分の分身に。

「……」

桂馬が。

そのとき、優しく微笑《ほほえ》む。彼は言う。

「吉野麻美。君は決して人嫌いなんかじゃないね？」

ゆっくりと階段を下りきり、彼女と同じ目線に立ちながら、

「君はただ怖がりなだけだ。人に嫌われてしまうことを……ただ人より多く恐れている。それだけだ」

「！」

「一人になると思っているのかい？　ありのままの君だったら？」

吉野麻美は小刻みに頷《うなず》く。

「だ、だって！」

「ならないよ」

と、きっぱり桂馬は言う。優しい笑《え》みを浮かべたまま、彼女の肩に手を置く。そのとき。

桂馬《けいま》の目には真実の光が浮かんでいる。

恐らく自分の同類のようでありながら、根本的には自分と異なる少女への労《いたわ》り。彼は告げる。

「いるだろう？　君には、どんなときでも必ず君のことを案じてくれる妹が。たとえ君が人に対してうまく接することができなくても」

「え？」

「あの子は〝世界〟と〝君〟だったら、間違いなくただ一人、君をとる。君は一人じゃない。一人じゃないいんだ、吉野麻美《よしのあさみ》」

それに。

と、彼は付け加える。ゆっくりと顔を近づけ。

「ボクもいる……」

あ。

と、吉野麻美は一瞬だけ身を強《こわ》ばらせた。そこに桂馬の言葉が染《し》み込む。

「ボクが君の傍《かたわ》らに立とう。ありのままの君をすべて受け入れて。その上で必ず」

ん。

と、吉野麻美の瞳《ひとみ》が閉じられる。桂馬は優しく唇《くちびる》を近づける。

そして。

キス。

すべてを許し、許容し、認め尽くす。

桂馬のキス。

桂馬の〝信念〟が籠《こも》ったキス。


吉野麻美のすべてが一瞬で解き放たれた。

それがその日最初の攻略だった。


ばひゅっと吉野麻美の身体《からだ》から駆《か》け魂《たま》が抜け出る。階段の上で控えていたエルシィが、

「待ってました！」

と、ばかりに駆け魂回収に入る。桂馬はちろっと目を開ける。そして内心で軽く溜息《ためいき》をつく。

なんだか妙に視線を感じると思った。

当たり前だ。

愕然《がくぜん》とした表情でこちらを見上げている少女と目が合った。

そんなに高い確率とは思っていなかったが……。

やはり見事にエンカウントを果たす。

「！」

〝電波系〟の少女、天美透《あまみとおる》がそこに立っていた。

それからすべてがごちゃごちゃと同時に起きた。目を見開き、ショックを受けたように身を翻《ひるがえ》して走り出す天美透。

「やりました！　神様！　駆《か》け魂拘留《たまこうりゅう》です！」

と、喜んでいるエルシィ。

どこかぐったりと壁にもたれている吉野麻美《よしのあさみ》。これで攻略中の記憶は一切忘れてしまう。そこへガッカン・ランドのスタッフが駆け込んでくる。

彼らは桂馬《けいま》の腕を捕《つか》まえると、

「あ、こんなところにいたんですね、服飾顧問《こもん》！　ほら、もうダンスが始まってますよ！　あなたのお陰《かげ》でとても華のあるパーティーになりました！」

そう言って強引に桂馬を連れていく。

桂馬は慌てて、

「まて！」

だけど、彼らは桂馬を離さない。そのまま会場へと連れていかれ、壇上に押し上げられ、わっしょいわっしょいと担《かつ》ぎ上げられる桂馬。

「こ、こら！　ボクは忙しいんだ！　は、離せ！」

と、言ってもわ〜っと観客が盛り上がるばかりだった。

なんかのアトラクションだと思ったのだろう。

賑《にぎ》やかな音楽が流れている。


そして。

桂馬は担ぎ上げられながら、

「……これもまた」

と、溜息《ためいき》をついていた。

「必然なのか。計画《プラン》通りやるしかないな……」

ほかの女の子とキスをしている現場を目《ま》の当たりにされた。そのとてつもないマイナス要素を背負った状況下で桂木《かつらぎ》桂馬の最後の攻略が始まる……。

＊

素晴らしく大きな家に彼女は住んでいた。

彼女の父親は事業主だった。

名の知れた企業を幾《いく》つも幾つも経営していた。

母親の家系は元華族。

親戚《しんせき》一同すべて裕福な家柄だった。

子供の頃《ころ》から何一つ不自由したことがなかった。住み込みのメイドがいて、信じられないことに現代の日本にちゃんとした執事《しつじ》がいて、運転手がいて、ガードマンがいて、専属のコックがいた。しかも和食と洋食それぞれ両方。

彼女の勉強は小学生の頃から四人の優秀な家庭教師が交代でみていた。広大な敷地。夜になるとドーベルマンが放される。

大きな池まであった。

羽を切って飛べないようにしてある白鳥が何羽も泳いでいた。

冗談みたいな話だが、専用のゴルフコースまでが家の敷地内に併設されていた。共にでっぷりと太った父親の趣味だった。

それだけの財力が父にはあった。

それくらい贅《ぜい》を尽くしてもまったく問題にならないほどの財産。

恐らく三代かけて放蕩《ほうとう》し尽くしたところで小揺るぎもしないだろう。人が羨《うらや》むような生活を彼女は送っていた。

朝、起きると必ずメイドが部屋の片隅に控えていた。

自分専用の洗面所に向かうと、温かく濡《ぬ》れたタオルを渡され、付きっきりで洗顔から服選びまで世話された。

朝食は健康と美味《おい》しさを究極まで追求したモノだった。

父親と母親の信条。

ご飯は家族必ず顔を揃《そろ》えて食べるのが良家の幸せな朝にふさわしい。

という理由で、必ず親子三人顔を揃えてとった。朝食が終わると学校に向かった。学校には黒塗りのリムジンで送迎されていた。普通なら大げさな送り迎えだが、別にそれが珍しくもなんともない、特別なお金持ちの子供だけが通う学校に彼女は行っていた。

大企業の子息や政治家の娘。外国の王家の血が入った女の子や誰もが知る国際的なピアニストの息子までいた。みんな素直で綺麗《きれい》で華美で苦労を知らず世間を知らず屈託《くったく》がなかった。誰も彼もが当たり前のようにお金持ちで誰も彼もが当たり前のように潤沢《じゅんたく》な他者からの奉仕を受けていて誰も彼もが当たり前のようにそれを享受《きょうじゅ》していた。

それ以外の世界が存在することを。

きっと誰も知らなかった。

彼女はその中で〝ごきげんよう〟という挨拶《あいさつ》と〝わたくし〟という一人称をきちんと使いこなしていた。女の子はみんなそうしていたから。

彼女もまたそうしていた。

そうするよう教育を受けてきたから。

そうしていた。

そうしないと……。

彼女は一人娘だった。父の唸《うな》るほどの財産と母の煌《きら》びやかな血筋を唯一継ぐ女の子として彼女は山のような期待と埋もれるような愛情を常に常に注ぎ込まれていた。

基本的に健康な彼女が、小さな風邪を引いたとき。

大げさではなく一つの医局のスタッフ丸ごとがそのまま家に呼ばれた。父と母はそれを当然としていたが。

彼女にはそれを恥ずかしく思う心が少しあった。

彼女は当然、最大級の愛情を受けてきた。最先端の施《ほどこ》しが彼女になされ、最高級の教育が常に彼女には用意されていた。

特別な良家の子女の嗜《たしな》みとして。

勉学はもちろんだが。

華道。

英会話。

バイオリン。ピアノ。乗馬も習わされていた。

テーブルマナーは言葉を覚えるより前に徹底的に躾《しつけ》られた。

立ち居振る舞いや身動き一つ。喋り方の端々《はしばし》まで、父と。母と。

それから専門の家庭教師がすべてチェックしていた。そしてそれに少しでも違反すると、「マイナスチェック」をつけられた。それは元々、母親の育った家庭、つまり彼女の祖母の代から行われていたことらしかった。

良家の子女らしからぬ振る舞いをすると。

「マイナスチェック」

と指摘が入った。それは、

〝あなたへの愛だからよ！　だから、私たちも心を鬼にしてやるの！〟

と、母親が涙混じりに言うとおり、ある程度、累積《るいせき》するとペナルティに変化して課せられた。

たとえば外出禁止。

たとえば食事の制限。

たとえば軽い手の甲への打擲《ちょうちゃく》。

〝私もこれをされたときはお母様を恨んだものよ。でも、今はとっても感謝しているの。こうして私をきちんと一人前のレディにしてくださったお母様に〟

と、母親は涙を流しながらそう力説した。

彼女は、

「……はい」

と、乾いた灰色の声で答えた。それを受け入れていた。

受け入れて。

より躾《しつけ》の行き届いたいい女の子であろうとした。できるだけ両親の期待に応《こた》えられる存在であろうとした。父親はただ、

〝うんうん、ママの言うとおりだな〟

と、母親に常に賛意を示していた。そして自《みずか》らも娘に対して、

「マイナスチェック」

をつけることを躊躇《ちゆうちよ》しなかった。何しろそれは〝愛情ゆえ〟だったから。

彼女のためを思えばこそだったから。

だから。

彼女は、

「マイナスチェック！　マイナスチェック！」

と、言われ続けていた。

一度もプラスに転化することのない。

永遠のマイナスを。

加点することのない、減点方式しかない教育方法で。

彼女は育てられていた。


彼女には不思議な癖《くせ》があった。子供の頃《ころ》から空想にふけりがちだったのである。たとえば自室の窓から夜の月を見上げているとき、そこに頭の中で物語を描いていた。月の王子と星のお姫様の恋の物語を彼女は自分の知っている物語の継《つ》ぎ接《は》ぎから作りあげ、そしてそれを何度も何度も反芻《はんすう》して楽しんでいた。

誰にも邪魔されない。

自分だけの甘美な世界を。

たとえば自分の家の庭で羽を切られた白鳥と鎖に繋《つな》がれたドーベルマンを見ているとき、足を怪我《けが》した旅芸人と恋人を失って失意のどん底に沈んだ画家、二人の奇妙な友情物語を紡《つむ》いでいた。自分でも秀逸だと思うくらい微《び》に入《い》り、細《さい》を穿《うが》ち彼女は想像した。

それが彼女の唯一の安らぎだった。

息苦しい家庭生活と心を割って話せない学校生活。

マイナスチェック、マイナスチェックの嵐の中で。

彼女は空想の羽を広げることで生きてきたのである。そしてその空想の源はやはり既存の本や漫画などが多かった。

彼女はこっそりとそれらを買いため、秘匿《ひとく》し、折に触れて読み返していた。

彼女の年のわりには。

それらはどちらかというと童心に満ちた、童話めいたお話が多かった。子供向けの本や漫画を彼女は好んで読んでいたのだ。

ところがある日のこと。

これは後から知ったのだが。

この子なら大丈夫、と思ってそういった本を買い集めていることを、内緒で打ち明けたメイドが母親に注進したことによって、彼女のコレクションは一挙に母親によって捨てられてしまった。愕然《がくぜん》としている彼女に向かって母親は、

「こういう本や漫画は子供ならともかく、あなたのような年のレディにはふさわしくありません！　母に秘密事をつくったので」

マイナスチェック。

を、つけられた。累積《るいせき》が溜《た》まって手を引っぱたかれた。

だけど。

そんな痛みすらまったくどうでもよかった。

心につけられた傷に比べれば、そんな肉体的な懲罰《ちょうばつ》など問題にすらならなかった。彼女は涙も流せなかった。

部屋に戻って夜。

虚《うつ》ろに外を見ているとき、明るい星の光に照らされて、こう思った。

〝絶対に変わらない永遠のプラスが欲しい〟

と。

普段、自分を主体に想像をすることはなかった。自分が空想の主人公になることはなかったのだ。

だけど、その日は違った。彼女は夢見て、考えた。

この星の……導きの星が輝くどこかに〝絶対に色あせない永遠のプラス〟という宝物がある。それはどんなものかわからないけど、どんな形をしているのかわからないけど、それを探し求める冒険の旅。自分を探す旅。自分は導きの星を頼りに、それを探し出す。無限の空想の旅。あるときは天使だったり、お姫様だったり、女探偵だったり、あるいは女剣士でもいい。

でも、たった一つだけ、
決して今の自分じゃない何者かになって。

〝永遠のプラス〟を探し出す。

何かが彼女の中で変わっていた。やってみようと。

本当に現実の中でソレをやってみようとそう思っていた。

その日から周到《しゅうとう》な準備が始まった。巧妙に時間をやりくりし、学校と習い事と家の行き帰りに空白の時間をつくった。

週に一度か二度だが。

それは決して不可能なことではなかった。彼女は両親が想像する以上に賢かったのだ。インターネットを駆使《くし》して服を買い揃《そろ》え、地図をダウンロードして、街を歩き回るシミュレーションを何度も何度も立てた。

その日、やってみた。

学校の行き帰りにずっと気になっていた大きな星のマークが壁面に描かれたビル。両親には内緒で街に出たとき、そこに入ってみた。飲食店や漫画喫茶、ビリヤード場などが入った大きな雑居ビルだからそのビルに入ること自体は誰にもとがめられない。

トイレで天使のスタイルに着替え、非常階段を歩いて上った。別に人に見られても構わないと思っていた。

なぜなら今、彼女は天使だから。

天使になりきっていたから。

大きな家の。

いつもマイナスチェックをもらっているお嬢様ではなかったのだから。

一人だけ踊り場に出てタバコを吸っている男の人とすれ違った。その人は彼女の格好を見て目を丸くしていた。

ちょっとだけ羞恥心《しゅうちしん》も込み上げてきたが、それ以上に悪戯心《いたずらごころ》のほうが強かった。まったく普段と違う格好をしているということも彼女のその大胆な行動を後押しした。

「……私は天使なの。〝永遠のプラス〟を探しているんです。知りませんか?」

そう真顔で尋ねる。

男はたじろいで非常階段の踊り場からそそくさと出ていってしまった。心の底から愉悦《ゆえつ》が込み上げてきた。

くくっと彼女は喉《のど》を鳴らして笑った。

そのまま思いっきり階段を駆け上がる。あはは、と気がつけば彼女は笑い出していた。そしてそのまま屋上まで辿《たど》り着く。

ぱっと広がる景色。

どこまでも澄んだ青空。目の前に広がる街並み。

あははは、と笑いながら心が。

心にかかっていた大きな靄《もや》が一気に晴れ渡っていく気がした。同時になぜだか知らないが涙も込み上げてしばらく泣いた。

それから折に触れてそんなことを繰り返した。設定は微妙に変えたが、とにかくどんな服を着ていても〝永遠のプラス、絶対に色あせないプラス〟を探す、という基本のコンセプトは変えなかった。探している、とそう己《おのれ》自身に信じ込ませることによって、彼女はその大胆な遊びを一貫したモノに仕立て上げていた。

家ではどんどんと両親による締め付けが強くなっていた。

それが、その一風変わったごっこ遊びだけが、彼女の精神に風穴を開けていた……。

そしてそんなある日、彼女がいつものように天使として〝永遠のプラス〟を探してビルの中を歩き回っていると、

「火事だ！」

火事が起こった。彼女は己の間《ま》の悪さに驚いたが、とにかく避難をすることにした。不幸なことに屋上近くに、しかも一人でいたので非常ベルの鳴っている音に気がつくのが少し遅れてしまった。気がつけば結構、煙が辺りに充満していて怖い思いをした。

でも、うまくハンカチを使って煙を吸わないよう、非常階段を順調に下りていった。そしてそこで彼女は出会ったのだ。

なぜだかカラフルな紙袋を大事そうに胸元に抱えて倒れ込んでいる少年と。

「……」

最初、彼女は思わず凝固《ぎょうこ》してしまった。

だけど、

「だ、だいじょうぶ!?」

と、心優しい彼女は当然、彼を助けにかかった。少年はこちらをうっすら開けた瞳《ひとみ》で見たがすぐに気絶してしまった。

華奢《きゃしゃ》な女の子である自分が少年に肩を貸して、そこから逃げ出せたのは本当に奇跡的なことだった。少年の身体《からだ》が軽かったというのもあるが、不思議な、自分でも感じたことのない力が身体に充満しているのがわかって、それが助けてくれた。

〝私は天使だから！〟

と、そのとき、彼女は本気で思っていた。

〝だから、人を助けなきゃ！〟

気がつけば非常階段を下りきって、彼の身体を裏路地に横たえていた。ふうっと大きく息を吐いたとき、誇らしい気分でいっぱいだった。

だけど、遠くから救急車とか消防車のサイレンが聞こえてくるにつれて、やりきった充足感が萎《しぼ》んで、急速に怖くなってきた。もしこの現場に留まって少年を助けた経緯を誰かに話せば、家に連絡がいって両親にこの秘密のごっこ遊びの存在が知られてしまうかもしれなかった。それが彼女には恐ろしかった。

彼女はそのまま足早にその場を立ち去った。ちらっと振り返ると。

う〜んと彼は唸《うな》っていた。

とりあえず命に別状はない感じだったが、やはりずっと気になっていた。

ちょっと無理をして時間をつくって、様子を見にいくことにした。彼のことを調べた。どんな人なのか、どこに入院しているのか。

情報ツールの扱いに長《た》け、自由になるお金や人脈もそれなりに持っている彼女にとって、それはそんなに難しいことではなかった。

よく晴れたある日、彼女は病院に行き、そしてその少年と再会した。屋上で出会ったのは本当に偶然だった。遠目に彼が元気にしているのを見て、すぐに踵《きびす》を返すつもりだったのだが、あまりに天気がよかったので、屋上からの眺望《ちょうぼう》を楽しみたくなったのだ。

そして少年が後からそこに上がってきて……。

どうせだから、と、とんと降りたって話しかけた。綺麗《きれい》な目をした子だな、と思った。軽く話をした。彼を助けたときは自分は〝天使〟だった。

だから、〝天使〟として振る舞い続けた。

彼が大いに困惑しているのがわかった。心の中で、

〝まあ、どうせ二度と会うこともないのだし〟

と、思っていた。

ばいばいっと手を振ってその場を離れた。それで終わりのはずだった。

でも、少年は三度も自分の前に現れた。

休日、うまくアリバイを作り、家を抜け出して、街を歩き回っていた。星のモチーフを探して辺りを見回しているとき、少年が再び話しかけてきた。

彼は言った。

「探し物、手伝おうか？」

と。

彼女はかなりびっくりしていた。彼が元気になったのは嬉《うれ》しかったが、正直なところ再会するとは思っていなかったのだ。話をしているうちに、少年が自分に合わせるようなことを言っていることに気がついた。

そこでふと思った。

これって。

ナンパなのかな？

わたしに気があるのかな？

実は彼女は街を歩いているときに若い男から声をかけられるのは、もう慣れっこになっていた。そういうモノだと。

男の子は女の子の気を引こうとするモノだと彼女は既《すで》に学習していた。自分が異性から見てそれなりに魅力がある存在なのだと。

彼女は承知していたのだ。

ちょっと意地悪な気分になった。

だから、天使として振る舞い続けた。少年が自分に阿《おもね》っていると思った。だから、こうやって自分の空想世界の言葉で話していればいずれ逃げ出していくと踏んでいた。ほかの男はみんなそうだった。

彼女に声をかけて、

〝ねえねえ、暇《ひま》？　遊びに行かない？〟

と、声をかけてきても、

〝ごめんね。わたし、導きの星を探しているから！〟

とか、

〝宝物探しなの！　わたしは今、流浪《るろう》のお姫様なの！　あなたはキラキラした服を着ているから番兵さん？〟

とか、笑いながら言えばすぐに曖昧《あいまい》な表情になって〝あ、いや、やっぱいいや。ごめん〟とそそくさ逃げていった。

だから、少年もほかの例に漏《も》れず、すぐに退散すると思ったのだが……。

少年は違った。彼は一歩も引かなかった。ずっと彼女に付き合い続けた。彼女が我が儘《まま》を言って以前から気になっていたアミューズメント施設に連れてきたときも。

コスプレを強要したときも。

ジェットコースターに無理矢理《むりやり》乗せたときも。

彼はずっとずっと彼女の世界観を尊重しようと頑張ってくれた。彼女はびっくりしていた。そんなことをしてくれた人など今までただの一人もいなかったから。

両親は無条件に彼女の内面世界の広がりを否定した。

ほかの人は彼女の夢物語を薄気味悪がった。

でも、少年は。

綺麗《きれい》な目で信じ続けた。

彼女の行動を。彼女の世界を。彼女の言葉を。彼女の振る舞いを。

それらすべてを一緒にいる間、ずっと受け入れ、ずっと共有してくれることで、たとえほかの人から奇異な目で見られてもまったく恐れることなく。

誇り高く。

阿るなんてとんでもない。

彼は彼女をずっときちんと見つめてくれていた。

彼女は……今までに感じたことのない感覚を味わった。

この人は。

なんなんだろう、と思った。だが、楽しい時間はすぐに過ぎた。携帯に連絡が来ていた。どうも母親がアリバイを疑わしく思い始めているらしい。

帰らなきゃいけなかった。

寂しかったから。

さよならは言わなかった。

あるいは彼女は最後まで殉《じゅん》じたのかもしれない。

謎《なぞ》めいた天使、として。

姿を消したのだ。


四度目の出会いは偶然で、最悪だった。たまたま街を歩いていたらオープンテラスの喫茶店に彼の姿を見たのだ。

喜んで近寄ったら。

可愛《かわい》らしい女の子が同席していた。なんだか自分でもびっくりするくらいその姿にショックを受けてしまった。そうか、そういうことか、と思った。

やっぱりただの女の子が好きな人なのか。

あるいは自分と遊んでくれたのもただの気まぐれか。ただもう居たたまれなくなってその場を立ち去った。その日、一日中、もやもやした気持ちでいっぱいだった。

そして本当に最悪な出来事は夜、起こった。

母親と父親に。

街に遊びに出ていることがばれたのだ。

きっかけは。

家庭教師からのご注進だったらしい。

不幸中の幸いというか彼女がやっていることの本質が露見《ろけん》することはなかったのだが、スケジュールを偽《いつわ》って、街を遊び歩いていた、と見なされてしまった。

彼女は無数の「マイナスチェック」とその累積《るいせき》による罰を幾《いく》つか受けた。両親との同伴以外の外出を禁じられ、さんざん、叱《しか》りつけられた。

「良家の子女にふさわしくない！」

「みんなあなたに期待しているのに！」

「お前はそれを裏切った！」

マイナスチェック、マイナスチェック、マイナスチェック。

頭が朦朧《もうろう》とするほど、そう言われ続けた。最初は悔しくて哀《かな》しくて涙が出てきたが、最後にはもうすべてがどうでもよくなった。

自分の頭がおかしくなったのか。

マイナスチェックといわれる度《たび》、身体《からだ》の周りに靄《もや》のようなモノが立ち籠《こ》めていった。よく見ればそれは小さな『ニ』の記号だった。そのゴミのような、塵《ちり》のような『ニ』記号はいつしか彼女の身体すべてを覆《おお》い、視界を奪っていった。

だが、父親も母親もまったくソレに気がつかないようだった。

彼女は『ニ』に囚《とら》われるようになった。


夢物語は消え。

空想は萎《しな》びて。

現実の澱《おり》だけが彼女を取り巻いていった。


それは最後の抵抗だった。必死の願いだった。楽しかった記憶を懸命に掘り起こし、あの少年と遊んだガッカン・ランドをもう一度、訪れた。

本当にギリギリの時間しかとれなかったが、少年の澄んだ瞳《ひとみ》にまた出会える気がしたのだ。

そして出会えた。


少年は別の少女とキスをしていた……。

もう何もかもどうでもよくなった。

少女はもう。

考えるのを止《や》めた。

少女の名を。

天美透《あまみとおる》という。

＊

天美透はその日もさんざん、マイナスチェックを両親からもらって、深い溜息《ためいき》とともに自室に戻っているところだった。

ここ数日の彼女は本当に精彩を欠いていた。

特に。

あの少年、桂木桂馬《かつらぎけいま》とほかの少女がキスをする場面を見てから。

身体に絡《から》んだマイナスの霧はもう重すぎて。

厚すぎて。

前に歩くことすら容易ではない。

そんな疲れ果てた足取り。


少女は。

天美透《あまみとおる》は。

自室のドアを開ける。そして。

六度目の対面を彼と果たした。


真っすぐに差し込んでくる月明かりの下で彼は軽やかに言った。

「やあ、お姫様」

と、そう。

静かに微笑《ほほえ》みながら。

桂木桂馬《かつらぎけいま》がそこにいた。

天美透は唖然《あぜん》とした。まず何より彼がそこにいる事実が信じられなかった。この家は偏執《へんしゅう》的なまでにがっちりと警備が張られているのだ。そもそも正門を通って、ガードマンの監視をかいくぐって、ドーベルマンに吠《ほ》えられもせず、セキュリティシステムにも感知されず、この部屋に至った方法が考えられない。

ありえない。

「ど、ど、どうして？　なぜ？」

と、天美透は呟《つぶや》いて上を向き、さらに、

「！」

愕然《がくぜん》とした。天井に大穴が開《あ》いていた。天美透の部屋の上にだけぽっかりと。そこから月の光が柔らかく差し込んでくる。

まるで天上からのスポットライトのように。

貴公子然とした少年を照らし出す。

「ボクは王子様だからね。とらわれのお姫様を助けに来た」

と、そう言って桂馬は恭《うやうや》しく胸元に手を当てた。天美透はあまりのことにまだ言葉が出ない。

「どうして？　どうやって？」

と、繰り返した。桂馬はくすっと笑った。

「言ったろう？　ボクは王子なんだよ。幾つか古《いにしえ》の魔法を使った。今宵は月が綺麗《きれい》だったから、実に魔法がかかりやすかった。ボクは銀の馬車に乗って空を飛び、この家の庭に降り立った。君を守る衛視《えいし》たちが槍《やり》を持って戦いを挑んできたけど、ボクが魔法の呪文《じゅもん》を唱えたらみんな深い眠りに陥《おちい》ってしまった」

「ふ、ふざけないで!」

天美透《あまみとおる》は怒った。

いつしか二人の立場が逆転していた。

「そ、そんなことあるわけないじゃない!」

桂馬《けいま》が夢物語を語り、それを天美透が否定する。

「……」

桂馬はふっと微笑《ほほえ》み、一歩近づく。天美透は反射的に一歩、後ろに下がった。

ならば。

と、桂馬が次の物語を紡《つむ》いだ。

「ボクは君が言うとおり神様なのさ。迷子になった天使を捜しに、悪魔の力を借りて、ね」

「嘘《うそ》!」

「なぜ?」

と、桂馬は静かに言う。

「な、なぜって! なぜって! だ、だって」

混乱する天美透。

「なんでよ！　なんでよ！　なんでここにいるのよ!?　来たのよ!?」

「君が好きだから」

さらりと。

桂馬は核心を突く。天美透の目がきゅっとつり上がった。彼女が桂馬を拒絶する理由。それは何も彼が魔法のようにこの部屋に立ち現れたからばかりではない。

「あ、あの女の子と、き、キスしてた癖《くせ》に！」

と、怒る。拳《こぶし》を握りしめ、叫んだ。

「キスしてた癖にい！」

桂馬は表情を変えず、

「僕は実は悪魔の一派と契約していてね」

と、淡々と話し出した。

「言ってしまえばあのキスをした女の子を助けるために。あの女の子の魂《たましい》がほかの悪魔に食い破られる前に。ボクはああするしかなかった」

「し、信じられない！」

でも、ボクは。

と、桂馬は言った。

「それはボクにとっての本当の物語。キミが語る物語と同じ、等質の、真実の物語」

困惑していく天美透《あまみとおる》。

「あなたは……」

身体《からだ》が震え始めた。

足が勝手に震え始めた。

彼女の周囲を覆《おお》う黒い靄《もや》がさらに濃くなる。

「何者なの？」

「言ったろ？」

桂馬《けいま》の目がわずかに細まる。

「君を助けに来た王子だって」

彼はそっとその白い手を伸ばした。

「……そんなちっぽけな記号という鎖に繋《つな》がれたお姫様を助けに」

一瞬、遅れて、

「！」

天美透が大きく目を見開いた。

誰もこの『マイナス』を見ることができなかった。

誰も。

この彼女の魂《たましい》に刻まれた刻印を見抜くことができなかった！

「あ、あなたこれが見えるの？」

驚く天美透に対して桂馬はただ静かに頷《うなず》いた。

「もちろん」

「わ、わたしは」

天美透は揺れ動く。

彼女の心が激しく動揺を示した。

桂馬の前で。

本音が。

傷つけられて、押さえ込まれてきた彼女の魂が痛切《つうせつ》な叫び声を上げ始めた。

悲鳴を上げ始めた。

「本当はお姫様なんかじゃないの！　マイナスマイナスって言われてばっかりのただのダメな女の子で！　お話だって！　ただマイナスがイヤだから！　ただイヤだから！　イヤだったから！」

彼女は頭を覆う。

半《なか》ば狂乱したように叫んだ。

「イヤなのよおう！　マイナスは！　もうイヤなのよ！　そんな世界にいたくないの！　違う

自分で！　違う自分になりたかったの！　ただそれだけなの！　それだけなのよう！」

「……」

桂馬《けいま》は痛ましそうな目で天美透《あまみとおる》にそっと近づき、もうほとんど彼女に触れんばかりの距離で、

「……ボクは君の物語が好きだよ。君が語るお話が好きだ。君のままで好きだ。違う君になんかならなくったって。きっと」

「嘘《うそ》！」

「ボクには信念がある。ボクは信念を持ってリアルと相対している。君の物語には、君が作り上げた〝今〟と戦う物語には」

目を見て問いかける。

「信念はないのかい？」

天美透が怯《おび》えたように、

「で、でも、わたしなんてこんなにマイナスに覆《おお》われていて！　信念なんて！」

首を振る。

涙を流した。

「わたしの物語はもうとっくに破綻《はたん》しているんだもん！　そんなのもうどうしようもない！」

「……破綻？　どこが？」

と物静かに問う桂馬に対して彼女は精いっぱいの叫び声を上げる。

「だから、もうどこにもないのよ！　わたしが探している〝永遠のプラス〟なんて！　最初からそんなことわかっていたもん！　そんなもの最初からこの世のどこにもないんだって！」

「あるよ」

桂馬が遮《さえぎ》った。

彼はすっと表情を改め、声高らかに、

「永遠のプラスはここに！　今、君自身の中に！」

すっと指を天美透の胸元に突きつける。

それは天美透がずっと首からぶら下げていた十字架。

プラスの形。その象徴。

桂馬は微笑《ほほえ》み、告げる。

「ボクには信念がある。信念があれば」

「すべてのマイナスはプラスに変わる」

（相手を助けたいという心の底からの信念があれば）

天美透はしばし時間を止めたかのように固まる。

彼女は桂馬の言葉を頭の中で受け入れ。

咀嚼《そしゃく》し。

そして飲み込み。


氷解していく。

すべてのコンプレックスが。

(そうか。そういうことか……)

温かな。

温かな何かが生まれ、爆発してその瞬間。


十字架から光が放たれる。

吹き飛ぶマイナス記号。吹き荒れる光の嵐《あらし》。次々に砕け散っていくマイナスの鎖。負の想念。

彼女を縛《しば》っていた数々の言葉。その光の中で桂馬《けいま》はふっと微笑《ほほえ》み、伸び上がってキスをする。

天美透《あまみとおる》はもう桂馬を避けない。

むしろそれを進んで受け入れる。

彼の言葉を。

彼のすべてを。

彼の思想を。

すべてを覆《くつがえ》す。

その。


希望の光を。


数瞬後。

爆音を聞きつけ、両親が天美透《あまみとおる》の部屋に雪崩《なだ》れ込んでくる。彼らは唖然《あぜん》とする。まずぽっかりと開《あ》いた天井の穴。

ぐちゃぐちゃになった室内の家具。

そして何やらぽやんとした様子の天美透。

彼女は酩酊《めいてい》したような赤ら顔で、

「なんか……今、王子様がここにいた気がする」

と、そうくるっと振り返って呟《つぶや》く。

微笑《ほほえ》む。


その微笑みは。

もう両親のいいなりに、彼らの望むように生きていく箱入りのお嬢様の顔ではなかった。

何か大事なことを知った。

前向きな女の子の微笑みだった。

同時刻、その上空でエルシィが桂馬《けいま》に言っている。

「これで終わりですね！」

天井を羽衣《はごろも》の力でぶち抜き、桂馬のキスによって飛び出てきた駆《か》け魂《たま》を回収し、さらに桂馬を両親が来る前に現場から引き上げたのが彼女なのだ。

それに対して桂馬はつくづく疲れたように溜息《ためいき》をつき、

「長い夜だったな……」

と、一言、そう呟いた。

彼もまたどこか満足そうな表情だった。

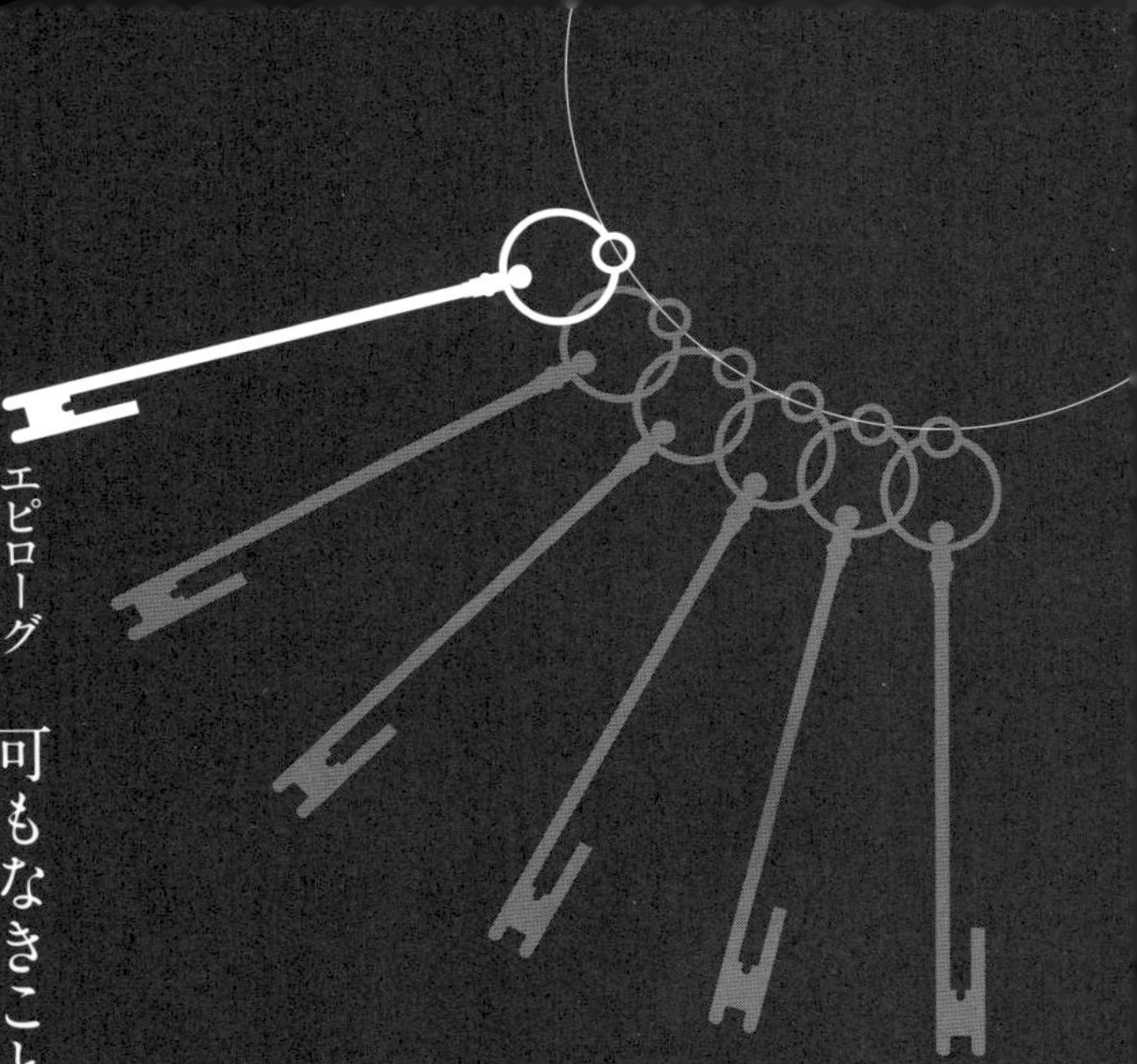

エピローグ　可もなきこと

「でも、あの吉野麻美《よしのあさみ》さんとのキスシーンを天美透《あまみとおる》さんに見られたときは一体どうなることかと思いましたよ」

「ああ」

と、桂馬《けいま》は生返事。

「……やっぱりアレも計算のうちだったんですか？」

「ん」

と、桂馬はまたうわの空で答える。エルシィは気長に、

「吉野さんもあれから元気そうだし、天美さんもこの間、街で見かけたときは見違えるようでしたね～。さすが神様！」

「そうか」

やっぱり桂馬は顔を上げようともしなかった。

桂木《かつらぎ》桂馬はその日も自宅でゲーム三昧《ざんまい》だった。彼はソファに浅く腰かけ、肘《ひじ》を肘掛けに預け、片足を曲げていた。

ときおり、手を伸ばして磁器製のティーカップからルビー色の紅茶を啜《すす》る。

また画面に目を落とす。

だらしないのと紙一重《ひとえ》の優美なポーズ。

黒のパンツに白のシャツ。少し首筋が出ている、というラフな格好が普段の彼よりさらに彼

本来の美少年具合を引き立てている。

窓から差し込むのは明るい日差し。

ゲームをする桂馬は一幅《いっぷく》の絵になっていた。

そして。

「……」

にこにこにこにこ。

「……」

にこにこにこにこ。

「……」

にこにこにこにこ。

そのそばでエルシィがひたすらにこにこしている。テーブルの上に肘を乗っけて満面の笑《え》みでじっとゲームをする桂馬を見つめていた。

ちなみに紅茶をいれてあげたのはエルシィである。

今、オーブンでクッキーを焼いている。おやつとして差し入れる予定である。にこにこにこにこ。それはそれは満足そうで、幸せそうな顔だった。

「……」

たらりと桂馬の頬《ほお》に汗が垂れた。

「……」

そのエルシィの視線をずっと肌身に感じて妙に居心地悪いのだ。

にこにこにこにこ。

ついにたまりかねて、

「だあ！　エルシィ！　何なんだ、さっきから!?」

と、立ち上がって大声を上げた。

しかし。

「……」

エルシィはずっとにこにこしたままだった。桂馬《けいま》は指をぶんぶん振って、

あんまり人の顔を勝手に見るな！

とか、言いたいことがあるなら言え！

とか、さらに叫ぼうとしたが、こちらを見ているエルシィの顔にあまりに邪気《じゃき》がないので、

「……」

またたらりと汗をかいて、ひくっと顔をひくつかせると、

「勝手にしろ！」

と、ゲームに戻った。どすんとソファに腰を落とし、前よりもっとだらしのない格好でずり

ずりと背中からずり落ちながら、不機嫌そうな顔。

ただ。

もし本当に彼がエルシィに対して不快感を抱《いだ》いているのなら、その場に留まる必然性はまったくないのだ。居間から歩み出て自室に戻ればいいのである。でも。

桂馬はそうしない。

あくまで。

不機嫌な顔のままでソファに座ったままゲームをしている。

そこに彼の。

彼、桂木《かつらぎ》桂馬のまあ、エルシィに対する態度がなんとなく見え隠れしているわけである。

桂馬もエルシィもどこまでそれに気がついているか定かではないが。

と、そのとき。

ちん、と音がしてオーブンが焼き上がりを知らせた。エルシィは立ち上がる。桂馬に向かって明るく元気な声で尋ねた。

「神様！」

手を口元に当てて、

「クッキー、食べますか？」

桂馬の返事は、

「ふん！」

だった。エルシィはそれを『肯』と受け取る。くすくすと笑いながら台所のほうへ向かった。

そしてふとその足取りを止めてくるりと振り返る。

ソファに不自然な体勢で座ってまだゲームをしている桂馬《けいま》。

今はエルシィが見ていることに気がついてない。

エルシィは思っている。

桂木《かつらぎ》桂馬という少年は。

エルシィの神様は。

悪魔が見出《みい》だした神様は。

きっとこんな日常があるからこそ、これからも駆《か》け魂《たま》を狩り、数多くの女の子たちをその漆《しっ》黒《こく》の闇《やみ》より救い出し続けるのであろう。

エルシィは心の中でこう思った。

〝これからもよろしくお願いしますね、神様！〟

〝落《お》とし神《がみ》〟は。

確かにここにいるのだった。

Heroine Memo

天《あま》美《み》 透《とおる》

属　　　性：電波系
ジ　ョ　ブ：お花畑の住人
誕　生　日：10月7日
血　液　型：AB型
身　　　長：158cm
体　　　重：48kg
スリーサイズ：86･59･82
好きなモノ：天使グッズ　ふわふわしたシフォンケーキ　詩集
嫌いなモノ：数学
最近の悩み：寝て起きると自分が誰だかよく分からなくなる
メ　　　モ：ふわふわとした言動。お花畑系の言葉遣い。だけど心の奥底で人と違うことを哀しく思っている。電波系ではあるけれど、自分がそういう言動をしていることに対しては非常に冷静であるし、よく把握している。人よりも感受性が鋭く、頭が良すぎるため、傷つかないようあえてそう振る舞っている感もある。
栗色の長い髪。割とスタイルが良い。白いミニスカート。

天使のコスプレが似合う。足が長い。ティアラみたいのをつけている。

ちょっと西洋人っぽいイメージ。色白。きょとんとした表情をしていることが多い。何か遠いところを見ているような目をしていることがある。

桂馬を振り回す際、小悪魔的に表情が変わことがあるが、邪心がない感じ。けらけらとあっけらかんと笑う。

泣くときは寂しそうにひっそりと泣く。

声は可愛いがややハスキーな感じ。

吉《よし》野《の》麻《あさ》美《み》

属　　性：???
ジョブ：茶道部部員
誕生日：6月6日
血液型：A型
身　　長：156cm
体　　重：47kg
スリーサイズ：83・58・81
好きなモノ：特になし
嫌いなモノ：特になし
最近の悩み：特になし
メ　　モ：優等生キャラ。なんでも出来る。割と感情表現抑えめ。中肉中背。
清楚な、隙のない感じ。さらに特徴がない可愛さ。属性のない可愛さ。
無表情ではないが、それに準じるくらい。物静か。読書好きだが、
無味乾燥な本を読んでそう。声も落ち着いている。
ゴキブリを見ても悲鳴を上げなさそう。でも、怖くないわけではない。
感情表現がやや苦手。泣く場合はぽろりと一滴涙を流すタイプ。
周りから孤立している訳ではないが、優先順位を低くされるケースが多い。
そしてそのことに関しても文句を言わない。
いつも二番手にひっそりと待っているイメージ。
我が儘が絶対に言えないタイプ。
子供や犬猫を見ても、上手く「可愛い!」と騒げない。

著者あとがき

初めまして！

の方もそうでない方も。電撃文庫で『ラッキーチャンス！』などを書いております、有沢まみずと申します。

僕も『神のみぞ知るセカイ』の連載を楽しみにしている愛読者の一人です。

初めて『神のみぞ知るセカイ』を知ったのは、先輩作家、Mさんとお話ししてるときでした。最近、おすすめの漫画はなんですか？

と、僕がお尋ねしたところ、

「今、これが面白い！」

と、『神のみぞ知るセカイ』を紹介して貰《もら》いました。その当時はまだ1巻が発売されたばかりでしたが、たちまちはまりました。サンデー本誌をチェックして、わくわくと続きを心待ちにしました。もし、ノベライズの企画があるのならぜひ、やらせて貰いたいな～とかずっと考えていたので、声をかけて頂いたときは喜んでお引き受けしました。

自分自身が好きな作品だったので、書いている時、プレッシャーもありましたが、非常に楽しかったです。

桂木桂馬という、すごいキャラクターを少しでもうまく表現出来ていたら良いのですが……。

原作ファンの皆さんにちょっとでも楽しんで貰えたのなら本望です。

なお、末尾ながら。

原作の若木先生、担当のHさん、そして読んでくださる全ての読者に心より御礼を申し上げます。

自宅にて　　　　有沢まみず

原作者あとがき

週刊連載というのは、作り手的には、俳句みたいなものなんです。

1話につき18ページというのは、本当に短くて。頭のなかで浮かんでいる膨大な内容を、ポツリ、ポツリと小窓を開くように少しずつ見せて、ギリギリ物語に見えるレベルまでそぎ落とす……。もう試合前のボクサーみたいなものです！　短いカット、短いシーンの連続。

ほんと、表紙！　5！　7！　5！　で18ページ！　え、もう終わり？　って感じなんですよっ。

ときどき、不満感じます。もっと長いシーン、もっと長いセリフ、もっと長いモノローグ。使えないものかと。そもそも、『神のみぞ知るセカイ』というのはギャルゲーがモチーフになっているマンガであり、テキストとの親和性は高いはずなのです。でも、マンガという形式を採っている限り、それは叶《かな》わぬ願いでした。

しかしこの度《たび》、その夢が現実のものとなりました。有沢まみずという実力者のペンの力をお借りして、ノベルという形式になった『神のみぞ知るセカイ』は、ボクが描きたくても描けなかった世界を見せてくれています。有沢先生、ありがとう……。

どうか、有沢作品のファンの皆様にとっても、神のみのファンの皆様にとっても、このノベライズが大切なものになりますように……。

若木民喜

GAGAGA

ガガガ文庫

神のみぞ知るセカイ
神と悪魔と天使

有沢 まみず

発行　2009年5月24日　初版第1刷発行

発行人　辻本吉昭

編集責任　野村敦司

編集　星野博規

発行所　株式会社小学館
〒101-8001 東京都千代田区一ツ橋2-3-1
[編集]03-3230-9343　[販売]03-5281-3556

カバー印刷　株式会社美松堂

印刷・製本　図書印刷株式会社

Printed in Japan　ISBN978-4-09-451137-6

第4回小学館ライトノベル大賞
ガガガ文庫部門応募要項!!!!!!

ゲスト審査員は竜騎士07先生!!!!

ガガガ大賞：200万円＆応募作品での文庫デビュー
ガガガ賞：100万円＆デビュー確約
優秀賞：50万円＆デビュー確約
選考委員特別賞：30万円＆応募作品での文庫デビュー

第一次審査通過者全員に、評価シート&寸評をお送りします

内容 ビジュアルが付くことを意識した、エンターテインメント小説であること。ファンタジー、ミステリー、恋愛、ＳＦなどジャンルは不問。商業的に未発表作品であること。
（同人誌や営利目的でない個人のWEB上での作品掲載は可。その場合は同人誌名またはサイト名を明記のこと）

選考 ガガガ文庫編集部＋ガガガ文庫部門ゲスト審査員・竜騎士07

資格 プロ・アマ・年齢不問

原稿枚数 ワープロ原稿の規定書式【1枚に41字×34行、縦書きで印刷のこと】は、70～150枚。手書き原稿の規定書式【400字詰め原稿用紙】の場合は、200～450枚程度。
※ワープロ規定書式と手書き原稿用紙の文字数に誤差がありますこと、ご了承ください。

応募方法 次の3点を番号順に重ね合わせ、右上をひも、クリップ等で綴じて送ってください。
① 応募部門、作品タイトル、原稿枚数、郵便番号、住所、氏名（本名、ペンネーム使用の場合はペンネームも併記）、年齢、略歴、電話番号の順に明記した紙
② 800字以内であらすじ
③ 応募作品（必ずページ順に番号をふること）

締め切り 2009年9月末日（当日消印有効）

発表 2010年3月発売のガガガ文庫、及びガガガ文庫公式WEBサイトGAGAGAWIREにて

応募先 〒101-8001 東京都千代田区一ツ橋 2-3-1
小学館コミック編集局 ライトノベル大賞【ガガガ文庫】係

注意 ○応募作品は返却致しません。○選考に関するお問い合わせには応じられません。○二重投稿作品はいっさい受け付けません。○受賞作品の出版権及び映像化、コミック化、ゲーム化などの二次使用権はすべて小学館に帰属します。別途、規定の印税をお支払いいたします。○応募された方の個人情報は、本大賞以外の目的に利用することはありません。○応募された方には、原則として受領はがきを送付させていただきます。なお、何らかの事情で受領はがきが不要な場合は応募原稿に添付した一枚目の紙に朱書で『返信不要』とご明記いただけますようお願いいたします。○作品を複数応募する場合は、一作品ごとに別々の封筒に入れてご応募ください。